O tipo certo de garota errada

AS GAROTAS • LIVRO 01

A. C. MEYER

CB030857

O tipo certo de garota errada

AS GAROTAS • LIVRO 01

A.C. MEYER

1ª edição

Galera

RIO DE JANEIRO
2018

Obras da autora publicadas pela Editora Record:
Cadu e Mari
ABC do Amor

CIP-BRASIL. CATALOGAÇÃO NA PUBLICAÇÃO
SINDICATO NACIONAL DOS EDITORES DE LIVROS, RJ

M56t
    Meyer, A. C.
        O tipo certo de garota errada / A .C. Meyer. - 1. ed. - Rio de Janeiro : Galera Record, 2018.
        (As garotas ; 1)

    ISBN 978-85-01-11402-0

    1. Ficção brasileira. I. Título. II. Série.

                            CDD: 869.93
                            CDU: 869.134.3(81)-3

Copyright © A. C. Meyer, 2018

Todos os direitos reservados.
Proibida a reprodução, no todo ou em parte, através de quaisquer meios.
Os direitos morais da autora foram assegurados.

Texto revisado segundo o novo Acordo Ortográfico da Língua Portuguesa.
Projeto gráfico e capa: Marília Bruno

Direitos exclusivos desta edição reservados pela
EDITORA RECORD LTDA.
Rua Argentina 171 - Rio de Janeiro, RJ - 20921-380 - Tel.: 2585-2000.

Impresso no Brasil

ISBN 978-85-01-11402-0

Seja um leitor preferencial Record.
Cadastre-se e receba informações sobre nossos
lançamentos e nossas promoções.

Atendimento e venda direta ao leitor:
mdireto@record.com.br ou (21) 2585-2002.

> *"No fim, tudo dá certo, e se não deu certo é porque ainda não chegou ao fim."*
> FERNANDO SABINO

Para Sebastião Cantarino *(in memoriam)*.
Você partiu tão rápido... e quanta saudade deixou.

01

"A pessoa errada tem que aparecer para todo mundo, porque a vida não é certa, nada aqui é certo."

LUÍS FERNANDO VERISSIMO

M A L U

Esta não é uma história sobre uma princesa que vivia em um castelo e, num belo dia, encontrou o príncipe encantado, se apaixonou e viveu feliz para sempre, rumo ao pôr do sol num cavalo branco. Não sou uma princesa, nunca fui. Não que a vida não tivesse me proporcionado oportunidades; muito pelo contrário. Nasci numa família tradicional, digamos assim. Pais conservadores, colégio que seguia uma linha educacional bastante rigorosa. Mas sempre fui a ovelha negra, aquela que tinha os cabelos coloridos e gostava de chocar. Que fuma, bebe, fala palavrão e gosta de curtir as coisas boas da vida. O tipo certo de garota errada. Aquela que nenhuma mãe iria querer como nora, e que os garotos normalmente não levam para casa, para apresentar aos pais. A divertida da turma e que está sempre pronta para a próxima aventura.

Até o dia em que a vida me deu uma rasteira e me fez ver que, num piscar de olhos, tudo pode mudar.

São quatro da manhã de uma sexta-feira e estou aqui, deitada nesta cama de hospital. Olho para o lado e vejo Rafa sentado na poltrona ao lado, os olhos fechados, imerso num sono agitado. Ele tem uma leve sombra sob os olhos, a barba está começando a crescer e a jaqueta está jogada no braço da cadeira. Observo-o atentamente: seus cabelos castanhos, bagunçados de tanto ele passar as mãos na cabeça; as linhas de expressão, na área dos olhos, que fazem com que seu olhar sorria junto com os lábios, e nas bochechas, que marcam as covinhas irresistíveis. Enquanto o admiro, penso em quanto sua presença é importante na minha vida e que só estou aqui, nesta cama de hospital, com todas essas coisas presas a mim, por causa dele.

Tudo que eu queria era fazer aquela viagem, conformada com o que a vida me reservara, mas o Rafa não permitiu. A única coisa que eu precisava para voltar atrás na minha decisão era de um pingo de esperança e foi exatamente isso que recebi.

Para entender como chegamos aqui, é preciso voltar ao passado, há mais ou menos oito anos. Lembro, como se fosse ontem, da primeira vez que pisei na faculdade...

* * *

Era um dia de verão bem quente, com sol forte. Peguei uma carona com o Beto, meu vizinho e amigo de bar. Sim, eu tinha 17 anos, mas já curtia uma boa noitada. Meus amigos diziam que eu tinha uma alma velha, sábia e boêmia. Estava na cidade havia pouco mais de três meses, tinha me mudado para fazer faculdade de, imagine só, direito. Minha última tentativa de agradar meus pais, que não queriam sequer pensar na possibilidade de que eu não seguisse a tradição da família, já que meu pai, tios e avôs eram dos mais variados ramos do direito.

Beto fazia comunicação social, estava alguns períodos adiantado e morava no apartamento abaixo do meu. Ele era a personificação da fantasia do surfista que permeia o imaginário feminino, quase um clichê ambulante: cabelos sempre bagunçados e clareados pelo sol, muito bronzeado, dragão tatuado no braço, sorriso franco e Havaianas nos pés. Não importava para onde íamos, ele não calçava tênis ou sapato, dizia que machucava. E, honestamente, fazia parte do seu charme natural.

Paramos no estacionamento ao lado da faculdade. O carro, já meio velhinho, destoava da maioria dos carros de playboy, como Beto costumava dizer, mas ele não estava nem aí. Tinha ido para a faculdade por causa de uma promessa que fizera à mãe, que morreu quando ele tinha 15 anos. Além de honrar sua palavra, ele só se preocupava com uma coisa: se as ondas estavam boas.

Seguimos para o imponente campus, onde havia cinco prédios enormes e um mundo de gente.

— Gata, seu prédio deve ser aquele ali. — Beto apontou para o edifício mais distante. — O meu é esse primeiro aqui. Tá beleza? — ele perguntou, parecendo preocupado, como se eu fosse sua irmã mais nova.

Beto sempre me tratou como se eu precisasse de algum tipo de proteção. Não que existisse qualquer interesse romântico de sua parte; era o jeito dele.

— Pode deixar, Beto. Vou conferir com o horário que imprimi. Com certeza tem o número das salas.

— Show! Nos vemos na saída, então. Qualquer problema, liga.

— Falou — respondi, seguindo em direção ao prédio que ele me indicou.

Com a convivência quase diária, eu já estava incorporando algumas coisas do seu dialeto surfista ao meu dia a dia. Tirei os fones do bolso, coloquei no ouvido e caminhei pelo campus ouvindo rock e observando o pessoal. Parecia ter gente de todas as tribos ali: mauricinhos, periguetes, roqueiros, skatistas e por aí vai — o que era bom, pois fazia com que eu me sentisse menos deslocada, com meu estilo pouco usual.

Meus cabelos escuros tinham um corte assimétrico, pouco acima dos ombros, e as pontas estavam pintadas de roxo. Usava um short jeans, camiseta preta da Legião Urbana com o desenho de um violão branco, sneakers e mochila. Tinha certeza de que, se minha mãe me visse, diria que eu parecia uma sem-teto. Sempre exagerada.

Pegando o papel na mochila, conferi a localização da sala e a placa na entrada do prédio quando uma voz grossa soou atrás de mim, arrepiando todos os pelos do meu corpo.

— Precisa de ajuda?

Quando me virei, quase perdi o ar. Eu não era o tipo de garota que se apaixona. Era adepta do pego mas não me apego e solteira sim, sozinha nunca. Não acreditava no amor romântico, em felizes para sempre e nenhuma dessas merdas. Só queria beber, dançar e beijar na boca. Ainda não tinha vivido nenhuma experiência sexual por pura falta de vontade, porque os carinhas com quem eu ficava nunca haviam despertado em mim o desejo de ir além, e não porque achava que deveria me guardar para o grande amor da minha vida. Sempre vi isso como história pra boi dormir. Mas aquele cara na minha frente não era igual a esses carinhas. Ele era um homem, no mais absoluto sentido da palavra. Seus cabelos compridos estavam presos num nó. Seus olhos eram cinzentos, num tom que eu nunca tinha visto, sua pele morena, bronzeada de sol, contrastava com o rosto barbudo e o sorriso branco. Ele usava uma camiseta branca que abraçava seu corpo e calça jeans desbotada. Apesar do estilo barbudo e dos cabelos compridos, não parecia o tipo desleixado, muito pelo contrário. Era tão lindo, arrumado e cheiroso que mais parecia um modelo. Balancei a cabeça, tentando recuperar o fôlego e dizer qualquer coisa.

— Estava conferindo se a minha sala fica aqui.

Ele sorriu e as linhas de expressão fizeram com que o sorriso chegasse ao seu olhar.

— Qual curso? Moda? — ele perguntou, me olhando de cima a baixo.

Que clichê!

— Direito — respondi de pronto, e ele deu uma risada.

— Mais uma rebelde! Bem-vinda ao grupo! — ele disse, rindo, e indicou o prédio. — Pode entrar. A casa é nossa.

Acenei, agradecida, me dando conta de que, aparentemente, tinha perdido a capacidade de falar ao lado desse belo estranho. Ele entrou comigo no prédio, esticando o pescoço para o meu papel, tentando ler a matéria que eu faria.

— Direito constitucional! Sua sala fica ali. — Indicou a sala 101.

— Valeu — respondi, e ele sorriu.

— Rafael — ele se apresentou, estendendo a mão para mim.

— Malu — respondi, retribuindo o cumprimento.

— Nos vemos por aí, Malu. — Ele sorriu de novo, deu uma piscadinha e seguiu pelo corredor até a outra sala.

Foi ali, no primeiro dia de aula da entediante faculdade de direito, que conheci o homem que roubou o coração que eu nem sabia que tinha.

02

"Prateando o horizonte, brilham rios, fontes, uma cascata de luz."
LULU SANTOS

RAFA

Segui pelo calçadão, sentindo a brisa do mar. O céu estrelado e o tempo fresco eram perfeitos para o programa daquele dia, quase às dez da noite de uma sexta-feira. Eu estava cansado, pois havia ficado horas no fórum assistindo às audiências do estágio. E, apesar de estar morrendo de vontade de cair na cama depois da semana puxada que tivera, não podia deixar de ir ao aniversário da Malu. Ela era a caçula da nossa turma, mas também a mais divertida, com toda a certeza. Aos 19 anos, Malu era a alma das nossas festas e nenhum programa era realmente bom se ela não estivesse presente.

Beto organizou um luau na praia, perto de casa, para a comemoração, sem hora para acabar. Estava bem próximo do nosso ponto de encontro quando meu celular tocou no bolso.

— Alô?

— Rafaaa! Cadê você? — Malu perguntou, uma música tocando ao fundo.

— Chegando, Malu. Já estou pertinho. — Ouvi aquela risada que sempre me deixava meio entorpecido.

Ao mesmo tempo que Malu me despertava um senso de proteção, já que ela era sempre tão destemida e, por vezes, inconsequente, alguns aspectos de sua personalidade me atraíam. A risada sensual, a forma como ela me olhava quando duvidava daquilo que eu estava falando, a pele clara como a luz da lua em contraste com os cabelos, sempre coloridos. De tempos em tempos, ela mudava o visual, que, por mais incrível que parecesse, combinava apenas com ela e mais ninguém. Os cabelos, originalmente negros, nos dois anos em que nos conhecíamos, já tinham sido roxos, azuis e verdes, em contraste com vermelho, marrom ou até mesmo loiro. Ela era como um pequeno camaleão que mudava de cor de acordo com o seu "estado de espírito", como ela mesma dizia, apesar de eu preferi-la com os cabelos naturalmente escuros. No fundo, eu achava que todas essas mudanças tinham muito a ver com sua alma de artista, como nossos amigos costumavam dizer.

— Ok, estou te esperando — ela respondeu, e desligamos.

Ela estava no segundo ano de direito, e eu sabia quanto estava infeliz. Só estava nesse curso para agradar a família, que não dava a mínima para ela, em vez de seguir o coração e estudar aquilo que realmente amava: arte.

Chegando próximo ao quiosque onde havíamos marcado, já conseguia ver o movimento de pessoas no luau. Devia ter cerca de trinta pessoas na areia, algumas batendo papo, outras comendo os petiscos que o quiosque havia disponibilizado numa mesa improvisada. Mesmo de longe, vi Malu próxima ao Beto e ao Merreca, um colega da faculdade que ganhara esse apelido por estar sempre duro, só com uma merreca no bolso, como ele dizia. Ela estava de branco, um vestido soltinho, e pés descalços na areia da praia, dançando a balada que eles puxavam no violão.

Seus cabelos não estavam lisos como de costume, mas ondulados, os cachos batendo nas costas. Não me lembrava de vê-la com os cabelos tão compridos. Assim ela ficava com uma carinha ainda mais jovem e inocente, o que não combinava com sua personalidade exuberante.

Não havia nada além de amizade entre a gente. Desde que a encontrei, perdida na entrada do prédio em seu primeiro dia de aula, meio que a adotei e a introduzi em minha turma. Eu a achava nova demais para os meus 22 anos. Estava quase me formando, me preparando para a prova da Ordem, mas não podia negar que ela despertava algumas reações em mim.

Pisei na faixa de areia sentindo os grãos gelados. Tirei o chinelo rapidamente, para deixá-lo próximo aos dos outros convidados, que estavam agrupados num canto. Cumprimentei algumas pessoas e segui em direção à aniversariante. Como se sentisse a minha presença, ela se virou e sorriu ao me ver. Seus olhos brilhavam, os lábios estavam pintados de vermelho, e ela segurava um cigarro.

— Ei, mocinha! Já fumando? — Me aproximei, e ela fez uma careta de desgosto, esticando os braços para me abraçar.

— Quando você fala assim, parece que eu tenho 14 anos e não 19. Sou uma mulher, Rafa, e não uma *mocinha* — ela retrucou ainda com uma careta, mas logo riu, colando seu corpo ao meu.

Era impressão minha ou ela havia ganhado algumas curvas?

— Feliz aniversário, mulher — impliquei com ela, que gargalhou, dando um beijo em meu rosto.

— Obrigada, bonitão — ela respondeu, piscando para mim e passando a mão onde minha barba costumava ficar. — Sinto falta de você barbudo.

Suspirei, lembrando que tivera de cortar o cabelo no ano passado por causa do trabalho. Não cortei muito. Apenas o suficiente para ficar adequado à profissão, mas ainda sentia as mechas rebeldes próximas ao meu pescoço.

— Eu também. — Dei um sorriso e soltei seu corpo, que estava apoiado no meu. Estiquei a mão para pegar o cigarro dela quando algo me chamou a atenção em seu pulso. Colocando o cigarro na boca, virei seu braço para ver melhor. — O que é isso?

— O quê? — ela perguntou enquanto eu observava a tatuagem: um símbolo do infinito, entremeado com a frase *You may say I'm a dreamer*, do John Lennon. — Ah! Fiz hoje. Gostou?

Desviei o olhar do desenho para seu rosto bonito e sorri.

— Combina com você. — Ela sorriu de volta, e dei um trago no cigarro. Eu não costumava fumar, só quando saía para beber ou me sentia nervoso. Provavelmente, naquele dia eu estava um pouco dos dois. Certamente ia beber, mas também me sentia inquieto com a proximidade do corpo da Malu. Ela pegou o cigarro da minha mão. — Vou falar com o pessoal e pegar uma cerveja — disse, e ela acenou, concordando.

Cumprimentei os caras que estavam tocando violão e passei por um grupo de conhecidos. Falei com todo mundo e peguei uma cerveja, acompanhado de Léo, meu melhor amigo.

— Não sei por quanto tempo mais você vai resistir a isso — ele falou. Eu o encarei, curioso.

— Isso o quê?

— A sua Lolita — ele acrescentou, rindo e olhando para Malu, que havia voltado a dançar.

— Não tem nada entre a gente, cara — protestei, sentindo certo aperto no peito. — Somos só amigos.

— Sei... é nítido que ela te dá mole e que você é caído por ela.

— Posso sentir tesão, ainda mais agora, que ela está "crescendo" — disse e senti meu corpo reagir ao balanço suave dos seus quadris. — Mas você sabe que eu não namoro nem quero nada dessas porras.

— Ela também não — Léo respondeu, e eu concordei, lembrando de nosso papo alguns meses antes, quando ela falou sobre o casamento de aparência dos pais e de quanto desacreditava no amor. — Mas isso não impede que vocês tenham um rolo de vez em quando.

Senti o impacto das suas palavras. Elas estimulavam uma série de imagens mentais que eu não fazia ideia de onde tinham vindo. Nossos lábios colados num beijo ardente, seu corpo nu contra o meu. Balancei a cabeça, tentando apagá-las. *Péssima ideia, Rafael.*

César, um colega da praia, se aproximou e mudamos de assunto. A noite avançou, e a festa continuou animada. Malu foi de grupo em grupo, conversando com todos, fazendo todo mundo rir e socializar, mas, como sempre, volta e meia trocávamos olhares, toques, carinhos. Tínhamos uma forte ligação, eu não podia negar. Era como se algo sempre nos aproximasse.

No fim da noite, eu a levei para casa, como normalmente fazia depois que saíamos juntos. Não gostava de deixá-la voltar sozinha, principalmente de madrugada. Do jeito que Malu era distraída, podia acabar em alguma situação de risco sem nem mesmo perceber. E já tínhamos bebido muita caipirinha e cerveja. Por sorte, morávamos muito perto de onde estávamos e podíamos ir embora a pé.

Seguimos pelas ruas de mãos dadas, rindo e conversando. No meio do caminho, ela soltou a minha mão e passou o braço ao redor da minha cintura. Seu corpo era macio e quente, e ela pareceu ainda mais desejável.

— Você nem me deu presente, Rafa — ela reclamou, fazendo uma careta brincalhona.

— Seu presente está na minha casa. Não ia levar para a praia, correndo o risco de você beber todas e acabar perdendo, né? — respondi, e ela riu ainda mais.

— Eu nunca perderia nada que viesse de você.

Entramos em seu prédio e pegamos o elevador até o sétimo andar. Ela se abaixou em frente à porta, levantando o capacho para pegar a chave.

— Que merda é essa?

— A chave de casa, ué!

— Debaixo do capacho? Porra, Malu! E se alguém descobrir o esconderijo e entrar?

— Melhor do que levar para a praia e perder. Onde eu iria guardá-la se não estou de bolsa?

— No mesmo lugar onde guardou o celular? — Pela primeira vez, me dei conta de que ela não carregava uma bolsa e o celular não estava em nenhum lugar visível. Será que ela havia perdido? — Onde está o seu telefone?

— Aqui. — Ela enfiou a mão no decote do vestido e puxou o aparelho, escondido entre os seios.

A visão deixou meu corpo em alerta, e a minha respiração, mais pesada.

— Não quero mais que guarde a chave aí. Tem que levar com você. Se estiver sem bolsa, fique com ela na mão até eu chegar que guardo no meu bolso, ou peça a alguém de confiança.

— Você está mandão demais. Nem me beija e ainda quer mandar em mim?

Não sei se foi o desafio no tom da sua voz, a sobrancelha levantada ou vê-la naquele vestido branco. Talvez tenha sido a mistura de tudo aquilo, regado a muita caipirinha, que me fez segurá-la pela cintura, envolvendo-a nos braços e encostá-la na parede, tomando sua boca vermelha num beijo intenso.

Sem pensar em mais nada, minha língua invadiu a sua boca, provocando e despertando desejo. Senti quando ela se aproximou ainda mais, passou os braços ao redor do meu pescoço e retribuiu o beijo.

Não saberia precisar por quanto tempo ficamos ali, perdidos nos lábios um do outro, mas, quando ela soltou um gemido baixinho, percebi que estava na hora de interromper aquilo que estávamos fazendo. O próximo passo seria irmos para a cama, e eu sabia que a Malu era inexperiente. Ela mesma já havia me dito. E eu não era o cara certo para a primeira vez de alguém. Afastei meus lábios dos seus e me dei conta de que estava segurando seus cabelos com firmeza e que nossos corpos estavam colados.

— Nunca mais deixe a porra da chave embaixo do capacho, Malu. Entendeu? — Minha voz saiu baixa, irritada por ela não se preocupar com a própria segurança, e rouca por causa da excitação provocada pelo beijo. Malu sorriu e balançou a cabeça, concordando. Eu a soltei, peguei a droga da chave das mãos dela, abri a porta e a conduzi para dentro de casa, pedindo que se trancasse assim que eu saísse.

— Tchau, Rafa — ela se despediu, encostada na porta, os lábios inchados do beijo.

— Feliz aniversário, doidinha.

03

"Minha vida era uísque, lágrimas e cigarros."
PINK

M A L U

Cheguei em casa batendo a porta e vi meus olhos no espelho. Eles estavam borrados de rímel preto e inchados de tanto chorar. Eram as últimas lágrimas que derramaria por causa dos meus pais. O vínculo estava sendo definitivamente cortado depois desse encontro.

Voltar para casa era sempre muito difícil. Nem sabia se podia chamar de minha a casa daqueles que me colocaram no mundo, já que aquele casarão nunca havia sido um lar para mim. O Excelentíssimo Juiz Dr. Eduardo Figueiroa Bragança e sua esposa, a socialite Lucia Bragança, não eram o que podíamos chamar de pais de verdade. Casados havia muitos anos por uma espécie de acordo familiar, faziam parte da elite de nossa cidadezinha natal.

Morávamos numa mansão que, para mim, mais parecia uma masmorra. A casa era impecavelmente arrumada e tudo tinha que estar no devido lugar, coisa que, para um espírito livre como o meu, era extremamente opressor. Meus pais eram frios, indiferentes e distantes. Não me lembrava de receber beijos e abraços que não fossem das babás ou empregadas, que, escondidas dos dois, tentavam fazer de tudo para que eu tivesse uma criação normal. Talvez por isso eu tivesse me tornado tão carente mais tarde. Eu era uma pessoa que necessitava de contato físico, do tipo que gosta de pegar, tocar, segurar, que fala com as mãos e aprecia profundamente o calor humano.

Com o passar do tempo, achei que meu irmão, dois anos mais novo, seria a pessoa a quem eu poderia dar aquilo tudo que explodia em meu peito. Achei que fosse encontrar nele um amigo.

Engano meu.

Eduardo Filho — *Nem pensar em chamá-lo de Du, Dudu, Edu ou qualquer variação; a casa caía* — era quase uma réplica mirim dos meus pais. Estudioso, aos 15 anos conseguiu passar no vestibular de uma das faculdades de direito mais concorridas do país. Tudo que ele queria era ser magistrado como meu pai, enquanto eu odiava leis e sonhava em fazer artes plásticas e viver da minha arte. Obviamente, o casal perfeito não permitiu. Então, lá estava eu, com notas sofríveis e sendo praticamente uma turista na faculdade de direito. Me sentia como um condenado no corredor da morte: sem enxergar nenhuma escapatória.

Na cidade grande, eu morava num dos imóveis do meu pai, é claro que ele me sustentava para que eu pudesse me dedicar apenas aos estudos. Mas eu também pintava. Como ninguém da família me visitava, transformei um dos quartos em ateliê, e era ali que eu passava horas e horas do meu dia; era ali que encontrava a felicidade. Pintava rostos, paisagens, imagens abstratas que me vinham à mente enquanto eu dormia. Como eu precisava prestar contas dos meus gastos e meus pais jamais permitiriam que eu gastasse dinheiro com tinta, telas e pincéis, consegui um emprego num bar, à noite. Trabalhava servindo mesas de quinta a domingo, pintava nos outros dias e, quando aguentava acordar cedo, aparecia na faculdade. Eu ganhava um dinheiro razoável e investia nos materiais.

Obviamente, depois de algum tempo nessa vida corrida, meu corpo começou a reclamar, aliás, não só o corpo, mas também minha mente e meu coração. Passava mais tempo deprimida do que bem comigo mesma, mas tentava ao máximo não demonstrar isso a ninguém. E isso doía na alma. O cigarro era minha principal companhia e era nas telas que eu abria meu coração. Mas, para os demais, fazia questão de passar sempre alegria e não deixava que ninguém visse a minha dor.

O único que me conhecia bem o suficiente para não deixar meus sentimentos passarem despercebidos era o Rafa. Já éramos amigos havia quatro anos, e ele me conhecia melhor do que eu mesma. Ele odiava meu trabalho no bar, porque achava que os caras poderiam se aproveitar de mim, como se eu fosse uma florzinha frágil — e eu não era. Estava mais para Malévola do que para Branca de Neve.

Ele sabia do meu amor pela arte e do meu desprezo pela faculdade de direito. Após conversar muito com ele, criei coragem para falar com meus pais que iria trocar de curso. Rafa já estava formado e, sem ele lá para me dar apoio, eu sabia que não conseguiria.

Segui pela casa até o meu quarto. Em frente ao grande espelho do guarda-roupa, vi, além das lágrimas que borravam a minha maquiagem, traçando um caminho sombrio em meu rosto, a marca roxa na bochecha. Tirei a blusa xadrez de manga comprida, observando, na pele clara adornada com tatuagens, as marcas de dedos. Depois tirei a calça jeans. Só de calcinha e sutiã, olhei as marcas de cinto na perna.

Fechando os olhos, ainda podia ouvir os gritos e xingamentos. "Vagabunda, desocupada, vadia", eram alguns dos nomes que ele usava para se referir a mim. Voltei a me olhar no espelho, sem reconhecer aquela imagem sofrida parada ali na minha frente. Com gosto de sangue na boca, prometi a mim mesma que tinha sido a última vez que ele me maltratava. Nunca mais permitiria que ele tocasse em mim de novo, nem que me agredisse com palavras.

Segui para o banheiro, buscando conforto num banho quente, sabendo que precisava me fortalecer para agir. Deixei que a água caísse em meu corpo por quase trinta minutos enquanto pensava no que faria dali em diante.

Saí do banho e liguei para o celular do Tito, o gerente do bar em que eu trabalhava.

— Oi, Malu.

— Oi, Tito. Desculpa avisar em cima da hora, mas não vou conseguir ir hoje à noite.

— Ainda está na casa de seus pais? — ele perguntou, parecendo preocupado de verdade.

— Não, querido, já voltei. Mas não estou me sentindo muito bem. Acho que vou tomar um analgésico e me deitar. Deve ser o cansaço da viagem — respondi, torcendo para que ele não fizesse muitas perguntas. Odiava mentiras e jamais conseguiria esconder algo dele.

Tito devia ter uns cinquenta e poucos anos, mas a cabeça era de um garotão de 16. Surfista, brincalhão e muito companheiro, era uma excelente pessoa e tinha muita consideração por mim.

Ele me dera aquele emprego quando minha única experiência anterior em bar tinha sido bebendo.

— Descansa, então, Maluzinha. Pode deixar que eu seguro as pontas por aqui.

Agradeci e desliguei, prometendo me cuidar. Sequei e penteei os cabelos em frente ao espelho do banheiro. Os fios estavam platinados, com a raiz escura e bem longos, como nunca tinha usado. Antes que eu tivesse a chance de pensar, peguei uma tesoura para cortá-los na altura do pescoço, despejando toda a minha frustração nas longas mechas. Olhei novamente para o meu reflexo e me vi com o cabelo cortado torto e os olhos inchados e vermelhos de tanto chorar, parecendo ainda mais triste. Droga.

Fui até a sala enrolada na toalha. Peguei uma garrafa de uísque, derrubei uma dose generosa no copo, acendi um cigarro, liguei o som e me sentei na *chaise* da varanda.

Ouvindo a voz melancólica de Amy Winehouse, me perdi em pensamentos até que o barulho da porta se abrindo e alguém chamando meu nome me despertou.

— Malu, onde você está? — Rafa era o único, além de mim, que tinha a chave do apartamento. Dei uma cópia porque ele começou a reclamar que, quando eu estava pintando, me desligava de tudo, e então ele ficava horas e horas tocando a campainha.

— Varanda — respondi em voz alta, levando o copo aos lábios. Rafa se aproximou com um sorriso, que se desfez ao me ver.

— O que houve? — ele perguntou, com a sobrancelha arqueada.

Observei-o com atenção, me dando conta de quanto ele estava lindo — mais do que sempre fora. Com quase vinte e quatro anos e trabalhando num grande escritório, restava pouco do rapaz que eu conhecera no primeiro dia de aula. Ele tinha se tornado um homem. Seu corpo estava mais forte, valorizado pela camisa azul e a calça jeans. Os cabelos curtos lhe conferiam uma aparência ainda mais adulta, bem como a barba muito bem-feita. A única coisa que não mudava era o seu perfume inebriante e a pele bronzeada. Rafa sempre amou o sol e as atividades ao ar livre.

— Estive no bar e o Tito falou que você não ia trabalhar. Como foi a conversa com seus pais?

Ele perguntou enquanto se virava para acender a luz da varanda; dei um trago no cigarro, já pela metade.

— Preciso me mudar — respondi, sem encará-lo.

Não queria me mexer, meu corpo inteiro doía.

— Puta merda, Malu. O que foi isso no seu rosto? O que aconteceu com seus cabelos? — ele perguntou, assustado. Passei a mão pelas mechas disformes enquanto uma lágrima solitária rolava pela minha bochecha.

— Vou precisar de um salão também — acrescentei, voltando a olhar a vista da varanda.

Ele se aproximou, sentando ao meu lado. Tirou o copo, já vazio, das minhas mãos, apagou o cigarro e passou os braços ao redor do meu corpo, me pegando no colo.

— Vem, vou cuidar de você — disse baixinho e me levou para dentro do apartamento.

Eu me aninhei em seu peito, me permitindo sentir alívio por saber que não estava só. Não totalmente.

04

"O que nos define é a forma como nos levantamos depois da queda".

JOHN HUGHES

R A F A

Ter encontrado Malu naquele estado foi como levar um soco no estômago. Ela estava uma bagunça completa: os cabelos cortados tortos, o rosto inchado, os olhos vermelhos e uma bela contusão na bochecha.

Levei-a para o quarto, que parecia ter sido atingido por um furacão. Roupas espalhadas, mala jogada num canto, um maço de cigarros na mesa de cabeceira. Coloquei-a na cama, peguei uma camiseta no armário e a vesti, tirando aquela toalha molhada. Ela deitou, se enrolando em posição fetal, e eu a cobri com um edredom. Enquanto ela descansava, recolhi as coisas do chão, estendi a toalha molhada e varri as mechas de cabelo do banheiro. Quando, finalmente, tudo estava organizado, tirei os sapatos e a roupa, e deitei ao lado dela na cama, puxando-a para o meu abraço.

Mais do que desejo, Malu despertava uma ternura em mim que mais ninguém despertava. Dentro daquela mulher forte e vibrante, se escondia uma garotinha que raramente se permitia aparecer.

Meu coração doía só de imaginar o que havia acontecido. Ela tinha voltado da casa dos pais cheia de hematomas. Infelizmente, eu teria de esperar até o dia seguinte para descobrir.

Passei a mão no seu braço esquerdo, o braço que ela usava para pintar, acariciando-a de leve. Quando cheguei ao pulso fino, deixei escapar um sorriso. Ali, na sua mão, estava o presente que eu dera em seu aniversário de 19 anos, e que ela nunca mais tirou. Encostei no metal frio da pulseira em prata que sustentava dois pingentes. O primeiro era uma pequena paleta de tinta prateada com um pequenino pincel dourado, para lembrá-la de nunca desistir da arte que ela tanto amava. O segundo era uma piada com sua descrença no amor: um sapinho de prata usando uma coroa de ouro que representava o que ela costumava falar dos homens: "Não existe príncipe encantado, todos os homens são sapos disfarçados." Sorri ao pensar que, ano após ano, ela jamais tirava a pulseira do braço. Era um símbolo do nosso vínculo, que talvez fosse muito mais do que de amizade... éramos quase uma família, ainda que diferente.

Pouco a pouco, sua respiração se estabilizou, e eu percebi que Malu tinha pegado no sono. Inebriado pelo perfume de morango dos seus cabelos, pela maciez do seu corpo pequeno colado ao meu e o movimento constante do meu polegar em seu pulso, em poucos minutos também fui embalado por um sono profundo.

* * *

Acordei com a luz do sol e o cheiro de café fresco. Abri os olhos e percebi que não estava na minha cama, mas, sim, na de Malu. Pulei da cama, vesti a calça, que estava na poltrona, e segui o maravilhoso cheiro do café.

Esperava encontrá-la desanimada e ainda com lágrimas nos olhos, mas a mulher que me recebeu na cozinha estava completamente diferente. Os cabelos estavam ondulados e quase não dava para notar que o corte estava torto. O rosto, muito maquiado como sempre, não demonstrava qualquer sinal de tristeza ou hematoma. Ela usava um vestido azul de manga curta que mostrava parte de uma tatuagem no braço e a rosa negra que ia do tornozelo até o pé esquerdo.

— Bom dia, querido. — Ela me recebeu com um beijo suave nos lábios, como sempre fazia ao me encontrar, e uma caneca de café.

— Bom dia — respondi, tomando um gole. — Como você está?

Ela respirou fundo e se virou para mim, sorrindo. Sabia que estava se fazendo de forte, e fiquei orgulhoso por ela não se deixar abater.

— Estou bem. Vou precisar da sua ajuda... — ela começou e seguiu para a sala, acompanhada por mim.

— Quero saber o que aconteceu, Malu. E não venha me dizer que não foi nada.

Ela baixou a cabeça, respirou fundo e assentiu.

— Fiz como o planejado. Fui até lá, expliquei que não estava feliz, que queria pedir transferência de curso, que não tinha condições de fazer a merda da faculdade que eles queriam — ela começou a contar, e eu apenas fiquei ouvindo, sem interromper. — Primeiro, o juiz gritou. Disse que o dinheiro dele não era capim, que eu ia terminar a porcaria do curso a qualquer custo. Quando eu disse que não, ele pulou em mim e disse que não admitiria.

— Ele te bateu?

— Aham. Me deu trinta dias para encontrar um lugar que eu possa pagar com o meu salário, já que eu nunca teria condições de pagar o aluguel de um apartamento como este. Suspendeu a mesada, a mensalidade e tudo mais. Disse que a vagabunda aqui não fazia mais parte da família.

— Você não é vagabunda — respondi, irritado.

— A primeira piranha virgem da história — ela falou, rindo, e não consegui deixar de rir do seu senso de humor também. — Se você tivesse transado comigo, pelo menos eu teria sido xingada com propriedade.

— Você merece mais do que um cara que não quer relacionamento.

— Me poupe, Rafa. Quem disse que *eu* quero relacionamento? Já te falei que não acredito nessas merdas de amor eterno. — Ela balançou a pulseira com o pequeno sapo para me lembrar.

— Se não acreditasse, já não seria mais virgem.

— Preciso parar de andar com você. Os caras que poderiam transar comigo se sentem intimidados — Malu explicou, e não consegui segurar uma risada. — Não conheço um relacionamento que tenha dado certo. Nenhuma história de amor que tenha durado para sempre. Isso é coisa de novela, de filme. O amor é um filho da puta criado para iludir os trouxas.

— O que vou fazer com você, Malu? — Ela era a pessoa mais sincera que eu já tinha conhecido.

— Me ajudar a dar um jeito na minha vida, pois não sei o que fazer. Depois que eu estiver estabelecida de novo, vou arrumar um gostoso para me levar para a cama e resolver esse inconveniente.

— Porra, Malu.

— Porra, o quê? Já cansei dessa merda. Sei que você se segura por causa disso. Acha que eu não sinto seu amiguinho aí se agitar quando estou por perto? Assim, quando um dos dois estiver precisando de um *cuidado mais íntimo*, podemos procurar um ao outro, como já fazemos quando precisamos conversar. Você não vai precisar procurar as piranhas da rua.

— Boca-suja.

— Teimoso. — Ela sorriu, e não pude deixar de pensar em tudo o que ela havia dito. — Bom, mas, antes do lazer, preciso descobrir o que vou fazer. Tenho que sair do apartamento. — Ela olhou ao redor, triste. Ela morava ali havia um tempo, e eu sabia quanto era apegada ao lugar.

— Você pode ficar na minha casa...

— De jeito nenhum — ela me interrompeu.

— Mas, Malu...

— Não, Rafa. Você tem a sua vida. Não ganho muito no bar, mas posso pedir ao Tito para aumentar a minha carga horária.

Fiz uma careta, pensando numa forma de arrumar outro emprego para ela. Então, tive uma ideia.

— Deixa eu dar uma olhada no seu ateliê?

— O quê? Por quê?

— Porque sim. Anda, levanta esse bumbum bonito e abre a porta do quarto misterioso que eu quero dar uma olhada.

Ela obedeceu, a contragosto, indo até o quarto que vivia trancado, como se escondesse algum grande segredo. Quando abriu a porta, o cheiro de solvente e tinta nos atingiu. Ela entrou no cômodo grande, abriu as cortinas e eu comecei a andar pelo espaço, bastante surpreso com o que encontrei.

Pelo que Malu me contava, ela nunca havia tido aula de arte e tudo que sabia aprendera sozinha ou assistindo a videoaulas na internet. Ela seguia muito a própria intuição. Então, sempre imaginei que seu trabalho fosse um pouco amador. Mas, para minha surpresa, era muito bom. Claro, eu não era nenhum especialista em artes plásticas, mas vi seu potencial.

Segui até uma série de telas empilhadas num canto. Paisagens, pessoas, um garoto fazendo uma manobra numa prancha. Metade do rosto de uma mulher triste com lágrimas negras escorrendo. As telas despertavam uma série de sentimentos em mim e, imediatamente, peguei o celular no bolso e liguei para Hellen.

Hellen era a dona de uma galeria de arte e amiga dos meus pais. Com quase 50 anos, era dona de uma sinceridade sem igual. Ela poderia dar uma olhada no que Malu vinha produzindo e diria se poderíamos conseguir algo dali.

— Você já mostrou essas telas para alguém? Vendeu alguma ou algo assim? — perguntei a Malu enquanto esperava a chamada completar.

— Não, nunca — ela respondeu, e balancei a cabeça, voltando minha atenção para o telefone.

— Oi, Hellen, é o Rafael Monteiro, tudo bem? Tudo ótimo. Desculpa incomodar tão cedo, mas preciso da sua opinião profissional. Uma amiga minha pinta quadros, e eu os estou vendo hoje pela primeira vez. Não sou especialista, mas achei o trabalho dela muito bom. Você poderia dar uma olhada e nos dar uma opinião como profissional? Ela está pensando em desistir de viver de arte, e eu gostaria de ouvir alguém que realmente entendesse do assunto. Claro, vou te mandar o endereço por mensagem. Aguardo você. Obrigado.

— O que foi isso? — ela perguntou, confusa.

— A Hellen é dona de uma galeria de artes. Vai dar um pulo aqui, para olhar suas telas. Parece que ela está procurando um novo artista para expor lá daqui a uns dois meses, já que o que estava agendado resolveu largar tudo e ir embora para Paris.

— Expor? — Malu parecia assustada.

— Ué, não é esse o objetivo quando se pinta?

— Hum... não sei. — Ela me olhou, parecendo perdida, e eu a puxei num abraço.

— Vamos fazer assim: a Hellen vai olhar suas telas e dizer se você tem chance de fazer disso uma profissão. Depois, vamos ver a questão da casa. Seus avós, quando morreram, não deixaram nenhum tipo de fundo fiduciário para você e seu irmão?

— Deixaram, mas o juiz sempre disse que eu só teria acesso aos 27 anos.

— Você tem o documento?

— Não sei — ela olhou para mim e respirou fundo, fechando os olhos. — Que merda de estudante de direito eu sou que não faço a menor ideia de como é um documento desse tipo?

Olhei em seus olhos e comecei a rir de sua frustração.

— Vamos, minha boca-suja favorita. Me mostra onde estão seus documentos que eu vou procurar o que preciso.

05

"E talvez eu quisesse desistir, mas talvez, só dessa vez, eu devesse seguir em frente."
ANA CAROLINA

M A L U

Se em algum momento senti medo de recomeçar a vida do zero, foi quando Rafa chamou a dona da galeria de artes. Puta merda! Eu não estava pronta para mostrar o meu trabalho amador para ninguém. Já era um tormento ver meu melhor amigo andando para lá e para cá no ateliê onde ninguém nunca tinha entrado, vasculhando minhas obras, o que dirá uma estranha!

Sentindo meu corpo tremer, fui para o quarto onde ficavam meus documentos. Me senti bem idiota por não ter a mínima ideia dos meus direitos. Ainda bem que eu era, pelo menos, organizada com a minha papelada. Voltei ao quarto-ateliê e encontrei Rafa ali parado, olhando para uma tela que ele havia colocado sobre o cavalete, de costas para a porta. Curiosa para saber o que ele tanto olhava, parei ao seu lado com a pasta na mão.

Hum... merda.

— Onde você encontrou isso? — perguntei, colocando a pasta de documentos na bancada e me sentindo de repente tímida.

— Ali naquele canto. — Ele apontou para algumas telas que estavam apoiadas perto de um armário.

Nem me lembrava que estavam ali.

A pintura era um autorretrato em aquarela. Na tela, eu estava nua, deitada numa cama de dossel com lençóis de cetim vermelhos, os cabelos cortados num Chanel desalinhado e na cor natural, os quadris cobertos por um tecido fino, quase transparente. Além dos lençóis vermelhos, o destaque ficava por conta das minhas tatuagens: as flores coloridas no ombro direito, a frase em forma de símbolo do infinito em meu pulso e a rosa que começava em meu tornozelo e terminava no pé esquerdo.

Meu rosto estava sério, os olhos lânguidos e os lábios entreabertos. Era, com certeza, uma pintura sensual. Jamais imaginei compartilhá-la com ninguém.

Sem falar nada, me aproximei da tela e a levantei para levá-la de volta ao lugar.

— O que você está fazendo?

— Guardando. Não era para você ter visto isso.

— Por quê?

— Porque não. Não pintei para mostrar para ninguém. Tem coisas que são pessoais.

— É o seu quadro mais bonito. É sensual, doce e inspirador. Você precisa mostrar a ela — ele disse em voz baixa, e eu parei no meio do caminho.

Baixei a cabeça, e ele veio até mim, segurando meus braços nas costas.

— Não... não posso.

— Por quê?

— Faz com que eu me sinta... exposta.

— É lindo, Malu. Se tem uma tela que ela precisa ver, é essa. Você precisa compartilhar sua arte com outras pessoas. — Quando ele disse exatamente a única coisa que teria o poder de me convencer, a campainha tocou.

Rafa pegou a tela, colocou no cavalete e, me puxando pela mão, foi abrir a porta.

Uma senhora pequena, de cabelos loiros preso num coque, estava parada na minha porta. Ela usava um belíssimo vestido verde, com sapatos baixos e uma elegante bolsa de mão. Muito bem maquiada, abriu um sorriso acolhedor e abraçou o Rafa, que se inclinou para beijar seu rosto.

— Que prazer revê-lo, meu querido! Com esse cabelo curto, você está muito bonito — ela falou, e Rafa sorriu.

— O prazer é meu, Hellen. Tem muitos anos que não nos encontramos, não é? Você ainda se lembra de mim com os cabelos compridos.

— Na verdade, em nosso último encontro na casa do seu pai, você estava com os cabelos na altura do pescoço, ainda se rebelando contra as formalidades da vida adulta.

Rafa soltou uma gargalhada, convidando-a para entrar. Ela parou bem na minha frente e me olhou de cima a baixo. Que merda! Eu devia ter colocado uma roupa mais... adequada? Então, sorriu.

— E você, quem é?

— Hum... Malu.

— Que exótico! Apenas Malu? — ela perguntou, e eu me senti constrangida por não me apresentar adequadamente. Se o juiz me visse agora, teria uma síncope com a minha falta de educação.

— Ah, me desculpe. Sou Maria Luiza Bragança, mas ninguém me chama assim. Só o meu pai.

— Muito prazer, Malu. Hellen Torres. — Ela apertou a minha mão, me puxando para um abraço. Depois de me cumprimentar, ela se virou para o Rafa. — Sua namorada é a artista?

— Não somos namorados — respondi rapidamente.

— A Malu é minha amiga, Hellen. Ela está saindo da faculdade de direito porque gosta mesmo de artes plásticas. Achei um mundo de telas no quarto que ela usa como ateliê e queria que você desse uma olhada para dizer se o talento dela é comercial o suficiente para que ela possa pensar em se dedicar integralmente a isso.

— Bom, vocês sabem que viver de arte neste país é algo bastante difícil — ela explicou, seguindo o Rafa em direção ao ateliê —, mas...

Quando entrou e se deparou com a tela no cavalete, virado para a porta, Hellen parou de falar e imediatamente se aproximou da pintura, observando-a em silêncio. Meu corpo inteiro tremeu, minha garganta se fechou e senti falta de ar. Saí do quarto em busca de um cigarro e um copo de água.

Após beber a água num gole só, fui para a varanda, acendi o cigarro e fiquei encostada na grade olhando a vista. Eu não estava pronta para ouvir alguém dizer que minhas pinturas eram ruins. Não mesmo.

Fiquei ali por alguns instantes até que o Rafa entrou na varanda e segurou a minha mão.

— Apaga o cigarro, vem cá.

— Não... depois você me conta o que ela falou.

— Não posso decidir os detalhes da sua exposição por você. — E, com isso, fui tomada por um acesso de tosse. — Já cansei de falar para você diminuir a quantidade.

Enquanto ele apagava o cigarro no cinzeiro mais próximo, eu olhava para ele com a boca aberta, sem acreditar.

— Puta que pariu, Rafa, acho que a fumaça nublou meu cérebro. Juro que ouvi você falar "sua exposição" — falei, fazendo o sinal de aspas com os dedos e rindo, incrédula. Só podia ser uma brincadeira.

— Shhh! Vou ter que dar um jeito nessa sua boca suja. Vai acabar afastando possíveis clientes — ele brincou, e eu arregalei os olhos. — Ela está lá dentro, encantada com tudo que você tem pronto. E a tela que você não queria que ninguém visse foi a que deixou Hellen mais apaixonada. Vem, ela está te esperando.

Fomos até o ateliê e vi Hellen com um caderno de anotações, catalogando o que tinha por ali.

— Ah, querida! Quanto talento! Esta tela é a minha favorita, você deu algum nome a ela?

— *Sem arrependimentos* — respondi, e ela sorriu, com os olhos brilhando.

— Ah, perfeito! Já chamei Jacques, meu assistente na galeria. Ele está a caminho, e vamos catalogar todas as peças para a exposição. A abertura será em 6 de junho. Vamos chamar a exposição de "Apenas Malu" e, obviamente, *Sem arrependimentos* será a obra principal. Faremos um coquetel com a presença da imprensa e de vários convidados importantes. Acho que o que você tem aqui é suficiente! Qual o nome daquela tela com o surfista? — ela perguntou, sem nem mesmo tomar fôlego entre uma frase e outra.

Estava atordoada com tantas coisas acontecendo.

— Nome? *Drop* — respondi, e ela sorriu. — É uma gíria surfista para descer a onda da crista até a base — expliquei, e seu sorriso ficou ainda maior.

Hellen pegou o telefone, sem parar de fazer anotações, e, de repente, começou a falar com alguém.

— Nuno, querido! Hellen! Achei o que você estava procurando. — Ela o ouviu, e voltou a falar. — Você não vai acreditar. Encontrei uma artista nova, ela vai expor na galeria em junho, mas uma das telas é exatamente o que você tinha me pedido. Você sabe que não costumo dar preferência a ninguém, mas, neste caso, achei melhor ligar para você primeiro. Olhe o seu e-mail.

Ela esperou um pouco e, então, voltou a falar:

— Não é? Pessoalmente, é ainda mais maravilhosa. Quer fazer uma oferta? Quanto? Ah, Nuno. Bom, então vamos esperar a exposição. Não, querido, estamos diante de um dos nomes da nova geração das artes plásticas. Isso que você quer me oferecer é preço de banana. A partir de doze, podemos conversar. Sabe que na exposição será, pelo menos, dezoito.

Hellen continuou com essa discussão intensa até que, finalmente, o homem cedeu e ela desligou, satisfeita.

— Bom, primeiro quadro vendido.

— Já? — eu e Rafa perguntamos ao mesmo tempo.

— Claro, meus amores. Não brinco em serviço! — Ela sorriu e deu uma batidinha carinhosa em minha bochecha. — Minha comissão é de vinte por cento. Vendemos *Drop* por dezesseis mil e quinhentos. Nuno é um cliente regular, e até o final do dia, o dinheiro entra na conta da galeria e eu transfiro sua parte para você.

Ela falou e eu me senti tonta.

— Você disse dezesseis mil?

— Isso mesmo. Jacques deve estar chegando. Ele vai trazer um contrato e pegar seus dados, inclusive os bancários. Que bom que o seu advogado está aqui — ela falou, sorrindo, para logo voltar a catalogar as telas.

Saí do quarto e voltei para a varanda, tirando um cigarro do maço em meu bolso. Estava prestes a acendê-lo quando Rafa se aproximou, arrancando-o de mim e jogando-o fora.

— Você está bem?

— Dezesseis mil? — perguntei, e ele sorriu, assentindo.

— Sim. Você tem conta em banco, não é?

— Só a conjunta com o juiz — respondi, ainda atordoada.

— Bom, depois que eu analisar o contrato e eles acabarem aqui, vou te levar ao banco para abrir uma conta-corrente. Esse valor será suficiente para alugar um apartamento e pagar suas despesas por um tempo. Com a perspectiva da exposição, não vejo motivo para nos preocuparmos por enquanto.

Fiquei sentada diante da vista da varanda, olhando, sem realmente enxergar.

— Dezesseis mil? — perguntei de novo, e Rafa riu.

— Parabéns, Srta. Artista. Estou orgulhoso de você — ele falou e me puxou para o colo, envolvendo meu corpo num abraço apertado.

Ali, com o corpo colado ao dele, cheguei à conclusão de que, mesmo quando a gente pensa em desistir, seguir em frente pode ser a melhor opção.

06

*"Ser feliz é deixar de ser vítima dos problemas
e se tornar um autor da própria história."*
CHARLES CHAPLIN

M A L U

Faltava apenas uma hora para o *vernissage* de inauguração da exposição. Nem conseguia acreditar em como o tempo havia passado rápido. Durante aquele período, com o apoio de Rafa e Hellen, consegui colocar minha vida em ordem de novo.

Caminhei pela sala do meu novo apartamento, indo até a varanda. Não sei como, mas Rafa tinha conseguido um apartamento próximo ao dele, já mobiliado para alugar por um valor ridículo. Segundo ele, os aluguéis estavam caindo, e o proprietário ficou satisfeito em se livrar do condomínio.

O imóvel era lindo. Claro, bem arejado, numa área silenciosa do bairro, onde eu tinha tranquilidade para pintar. A minha parte preferida da casa era a varanda. Ali, eu poderia sentar numa das *chaise*, fumar e ver o sol se pôr. Não ficava tão perto da praia quanto o meu apartamento anterior, mas eu conseguia ver, por entre os prédios, um pedacinho do mar, e isso já me bastava.

O apartamento em si não era grande. Tinha uma salinha, decorada com uma das minhas telas. O quarto principal fora convertido no meu novo ateliê, com a anuência do proprietário, e era onde eu guardava telas, tintas, solventes e pincéis. Eu dormia no quarto de hóspedes.

Olhei meu reflexo na porta de vidro da varanda e sorri, satisfeita. Hellen vinha me ajudando a me encontrar. Fui com ela a um salão para dar um jeito nos meus cabelos e, conversando com o cabeleireiro, resolvi voltar à minha cor natural. Então, à minha frente, eu via uma mulher com fartos cabelos negros num corte Chanel repicado com franja lateral, olhos pintados, como eu gostava, e a boca destacada por um batom bordô. Meu corpo estava envolto em um lindo vestido preto e longo de um ombro só, deixando à mostra minhas flores coloridas no outro ombro e um par de sandálias matadoras que, apesar da aparência assassina, eram extremamente confortáveis.

Minhas unhas estavam pintadas, pela primeira vez, com um esmalte vermelho-sangue. Tentei avisar a Hellen que aquilo não iria durar. Em menos de dois dias mexendo com tinta e solvente, o lindo esmalte viraria mancha no algodão. Mas, ainda assim, ela insistiu que, pelo menos na inauguração, eu precisava estar impecável. Naquela noite, ninguém queria ver uma "operária" das artes, mas, sim, a *representante da nova geração das artes plásticas*. Fosse lá o que isso significasse.

Sentei-me na *chaise* segurando um cigarro. Eu tinha prometido ao Rafa que não iria fumar. Pelo menos, não antes da recepção. Mas que mal havia em segurar um cigarro entre os dedos? Era quase uma terapia de suporte. Só de saber que eu tinha o cigarro ao alcance das minhas mãos, isso já me fazia sentir melhor.

Ouvi um barulho e vi a sala, que estava totalmente às escuras, se iluminar. O perfume me avisou da sua presença antes mesmo que ele dissesse qualquer coisa. Eu não sabia o que teria feito sem o Rafa. Ele era a minha base, aquele em quem eu podia confiar de olhos fechados, e era grata todos os dias pelo momento em que ele tinha entrado na minha vida. Ouvi seus passos até que ele parou na entrada da varanda e me olhou de um jeito completamente diferente.

— Olá, estranha. Sabe me dizer onde encontro a Malu? Ela tem cabelos esquisitos, cortado em casa, com uma cor desbotada que eu não sei definir qual é — ele implicou, rindo, e eu briguei com ele, antes de me levantar. — Você deveria... — ele começou, mas foi interrompido ao me ver em pé. Alguns segundos se passaram até ele completar o pensamento — ... xingar menos.

— E você deveria ser um cavalheiro e não dizer que meus cabelos são esquisitos — falei, me aproximando dele, que tirou o cigarro dos meus dedos e apoiou uma das mãos em meu quadril.

— Você está linda. — Ele sorriu e me deu um beijo suave nos lábios.

— E você não está nada mal. — Passei os braços ao redor do seu terno preto, envolvendo seus ombros largos.

— Você está bem?

— Um pouco nervosa, mas bem.

— Vai dar tudo certo. Vou ficar do seu lado a noite toda. Não se preocupa — ele disse e respondi com um sorriso, realmente apreciando o seu carinho comigo.

O que eu sentia pelo Rafa era o mais próximo de amor que eu já havia experimentado. Nunca fui amada, então não sabia nem identificar o sentimento. Essa coisa que as pessoas falam sobre amor de pai e mãe, amor de homem e mulher, de família... nada disso eu conhecia. A única coisa que eu sabia era que, se o amor existisse mesmo, e eu, apesar de duvidar, fosse digna de senti-lo, ele era a única pessoa por quem eu tinha esse sentimento.

— Vamos? Temos que chegar um pouquinho antes.

— Claro, vou só pegar a minha bolsa no quarto.

RAFA

Jamais tinha visto a Malu daquele jeito. Nem mesmo quando brigara com a família pareceu tão frágil quanto agora. Olhei para ela, sentada ao meu lado no carro em silêncio, brincando com os pingentes da pulseira e olhando pela janela. Fiquei me perguntando no que ela estaria pensando.

Hellen tinha feito um excelente trabalho com ela. Malu estava linda. Não parecia mais uma garota rebelde, e sim uma mulher consciente de sua beleza e sensualidade. Ela parecia adulta, madura, mulher. E eu estava precisando arrumar alguém, porque estava vendo coisas nela que não deveria.

Quando estávamos bem perto da galeria, percebi uma movimentação no banco ao lado e vi que Malu estava contorcendo as mãos no colo.

— Ei, fica tranquila. Vai dar tudo certo — disse, entrelaçando meus dedos nos seus.

— Já pensou se não for ninguém nessa porra?

— Olha a boca.

— Tô falando sério, Rafa. Se ficar vazio, a Hellen vai ter uma puta decepção. Acho melhor a gente voltar para casa. Olha, se você seguir mais adiante, tem um retorno e...

— Não vai ficar vazio. Respira fundo e olha a merda da boca — eu falei, rindo.

Ela me olhou assustada e soltou uma risada.

— Será?

— Tenho certeza. Pelo menos a galera da praia e do boteco do Tito estará lá. — Seu sorriso se alargou, e ela conseguiu respirar normalmente.

Parei o carro na frente da galeria e um manobrista abriu a porta do carona, ajudando Malu a sair. As pessoas ao redor a olharam com admiração, mas ela estava tão nervosa que nem percebeu. Agradeci ao manobrista e lhe entreguei a chave, depois me virei para Malu, que segurava meu braço.

Entramos na galeria e fomos recebidos por Hellen.

— Ah, que maravilha! Vocês estão lindos! — Ela nos cumprimentou com beijos e então encarou Malu, boquiaberta. — Você está incrível, mocinha. Está pronta? A imprensa está aqui, louca para saber quem é a nossa artista talentosa.

— Sério? — Malu perguntou, estupefata.

— Sim. Rafael, vou deixar você olhar a exposição enquanto levo a nossa artista para conhecer algumas pessoas.

— Claro. Boa sorte, linda. — Beijei sua testa e fiquei observando enquanto ela se afastava, ainda um pouco receosa.

Olhei ao redor e não vi nenhum conhecido. Ainda era cedo e resolvi dar uma olhada na exposição, apesar de já ter visto todas as telas. No corredor, um garçom me serviu uma taça de champanhe. Com a bebida na mão, entrei na sala. Cerca de quarenta quadros estavam expostos, mas, logo na entrada, fui recebido pelo meu favorito: *Sem arrependimentos*. A grande tela com a imagem de Malu em aquarela abria a exposição, dando boas-vindas aos visitantes. Não consegui evitar me sentir um pouco incomodado em ver Malu tão exposta, mas era inegável a beleza, tanto da modelo como do quadro.

A obra revelava uma mulher forte, corajosa e destemida, realçando sua feminilidade e delicadeza. Era a mistura do ousado com o inocente, do erótico com o casto. Fiquei alguns minutos apreciando a beleza do quadro e tentando entender como alguém tão cheia de nuances, complicações e rebeldia era capaz de criar uma imagem assim tão sensível.

A noite passou num borrão. A galeria ficou lotada, todos os quadros foram vendidos e, segundo Hellen, ela já tinha novas encomendas. As pessoas estavam impressionadas com a beleza de suas telas e também com a mulher por trás da criação. Não podia deixar de me sentir orgulhoso ao vê-la florescer, fazendo aquilo de que realmente gostava.

Depois que todos se foram, Hellen trancou as portas com um enorme sorriso no rosto.

— A noite foi um sucesso, Malu! Um evento deste, com cem por cento de vendas, é bastante raro, viu? Até o *Sem arrependimentos* foi vendido.

— Sério, Hellen? Ainda acho um pouco perturbador imaginar que alguém vai me ver nua na parede de casa. — Ela riu, e eu abri um sorriso.

— Vamos para casa, *srta. Vendi-todas-as-minhas-telas*?

— Vamos! — Ela concordou, animada.

Então, após nos despedirmos de Hellen, seguimos para o carro.

Percorremos o curto trecho da galeria até a sua casa em silêncio. Ela ligou o som do carro e *Mais ninguém*, da Banda do Mar, começou a tocar. Malu cantarolou baixinho e a letra da música me tocou de uma forma inexplicável.

Eu só espero que não venha mais ninguém
Aí eu tenho você só pra mim
Roubo o teu sono
Quero o teu tudo
Se mais alguém vier, não vou notar

Estávamos muito próximos do prédio dela e, ainda assim, troquei a música. Não consegui lidar com o estranho sentimento que a letra havia despertado em mim.

Parei em frente ao prédio, com o carro ainda ligado. Ela olhou para mim, surpresa.

— Você não vai subir?

— Acho que não...

— Ah, não! Preciso conversar com alguém. Anda, estaciona essa lata-velha e para de besteira.

— Malu, dificilmente meu carro poderia ser chamado de lata-velha.

— É, carro de mauricinho — disse, fazendo uma careta. Não consegui resistir e dei uma risada. Entrei na garagem do prédio e estacionei na vaga dela, que só era usada por mim mesmo.

Entramos no elevador, e ela rapidamente tirou as sandálias.

— Não acredito que você está colocando o pé nesse chão sujo.

— Está doendo — ela explicou, com a sandália na mão enquanto movimentava os dedos.

— Merda — disse, baixinho, pegando-a no colo. Ela passou o braço ao redor do meu pescoço, sorriu e me deu um beijo leve nos lábios, como costumávamos fazer.

Não sei se foi o vestido, a bebida ou a música atordoante, mas o toque dos seus lábios despertou em mim a sensação de ter sido atingido por um raio.

Quando ela se afastou, nossos olhares se cruzaram e nenhum dos dois conseguiu desviar.

O elevador chegou, e entrei em casa com ela no colo. Ao colocá-la no chão, já na sala, ela se virou para fechar a porta e foi nesse momento que dei vazão ao meu desejo. Prendi Malu contra a porta, e minha boca arrebatou a sua no beijo mais intenso que já tínhamos experimentado. Era como se a minha vida dependesse daquilo.

Ela deixou as sandálias e a pequena bolsa que estava segurando caírem no chão e passou os braços ao redor do meu pescoço, subindo a mão pelos meus cabelos. Seu corpo se colou ao meu e não consegui pensar em mais nada, exceto que seus beijos eram os melhores que eu já havia provado. Meu coração acelerou ao sentir o seu gosto, e a lembrança da sua virgindade me veio à mente. *Merda.*

— Malu — chamei, afastando os lábios dos dela.

— Humm. — Ela gemeu contra a minha boca, e eu fiquei ainda mais excitado.

— A gente precisa parar. — Minha mente dizia isso, mas meu corpo gritava: *Não! Não!*

— Parar? Tá louco — ela respondeu, me beijando de novo e esfregando o corpo no meu.

Eu estava perdido.

— Sim, primeiro porque você é virgem...

— Ah, tá. Conta outra, essa não vale.

— Segundo porque uma transa mudaria tudo entre a gente. Não quero deixar de ser seu amigo — disse, olhando em seus olhos.

Ela ficou calada por alguns instantes. Então, esticando-se na ponta dos pés, segurou meu rosto com as duas mãos e falou:

— Rafa, a última coisa que eu quero é perder você e sua amizade. Você é tudo que eu tenho. Mas, assim como você, não quero um relacionamento. Não quero ficar presa e depender da presença de alguém para ser feliz. Você sabe que não acredito nessas merdas românticas.

— Olha a boca.

Ela riu.

— Podemos fazer um pacto.

— Onde estamos? Na quinta série? — perguntei, e ela riu ainda mais, os olhos brilhando.

— É sério! Seremos amigos para sempre. Quando um de nós estiver procurando um momento íntimo, mas não quiser sair com um estranho, procura o outro. Vai ser uma espécie de celebração da nossa amizade. A gente transa e, quando acabar, acabou. Sem promessas, sem expectativas, sem planos futuros.

Olhei para ela, ainda desconfiado. Parecia bom demais para ser verdade.

— Uma espécie de amigos-coloridos?

— Sim, isso aí.

— E sua virgindade?

— O que tem? Se não for com você, vai ser com outro. Prefiro que seja com alguém importante para mim a ser um idiota qualquer que vai me comer, me machucar e me deixar puta da vida.

— Garota, você fala muito palavrão.

— Mas você gosta de mim assim mesmo. — Ela sorriu, e eu também, assentindo.

— Sem relacionamento?

— Só amizade.

— Nem planos para o futuro?

— Deus me livre de sonhar com um vestido de noiva, véu, grinalda e essas porcarias.

— Sem monogamia?

— Cacete, se você não vai ter um relacionamento comigo, é claro que não tem monogamia! — Malu fez uma careta e não consegui segurar o riso. — Acho bom você parar com essa porra e me beijar logo.

— Senão?

— Vou ser obrigada a abusar do seu corpo — ela falou, colando os lábios nos meus.

Era disso que eu precisava para mandar o autocontrole para o inferno e apertá-la em meus braços. Nos beijamos com tanta paixão que senti meu corpo pegar fogo. Nossas línguas dançaram em perfeita harmonia, enaltecendo o gosto do champanhe que havíamos tomado.

Passei as mãos em seus quadris, puxando-os com força. Ela gemeu ao sentir minha rigidez, e eu levantei suas pernas, colocando-as ao redor da minha cintura. Ela continuou gemendo baixinho enquanto eu a levei no colo até o quarto. Coloquei-a na cama e, antes que eu tivesse a chance de tirar sua roupa, ela me puxou pela gravata e subiu em mim.

Malu desfez o nó da gravata, jogando-a no chão. O paletó e a camisa tiveram o mesmo destino, depois de terem sido tirados com delicadeza e sensualidade. Minha respiração estava ofegante, ainda mais porque eu sabia que precisava ir devagar, por ser a sua primeira vez.

Comecei a tirar seu vestido, mas Malu segurou minhas mãos e se levantou. Elevei um pouco meu corpo, apoiado nos cotovelos, curioso para saber o que ela ia fazer. Fui surpreendido por Malu no meio do quarto, abrindo o zíper e deixando o vestido deslizar até o chão.

Ela era diferente de toda e qualquer mulher que já havia passado na minha vida.

Seu corpo, curvilíneo e pequeno, era como uma obra de arte pronta para ser apreciada. Iluminadas apenas pela luz do luar, as flores coloridas no seu ombro quase pareciam uma de suas telas, repletas de cores. Desci o olhar por seus seios pequenos, sua cintura, seu sexo e suas pernas, até chegar aos tornozelos, com a sensual rosa negra que terminava no pé.

Ela era única. Não havia, no mundo, ninguém igual. Malu estava nua na minha frente, e eu só conseguia pensar que ela deveria ser reverenciada — era uma deusa erótica.

Inclinando-me sobre a cama, estendi a mão para ela, que sorriu e a aceitou, vindo em minha direção com um sorriso sensual nos lábios vermelhos de batom. Quando nossos dedos se tocaram, uma corrente de eletricidade nos atingiu com tanta violência que senti Malu estremecer nos meus braços. Segurei sua mão com firmeza, ajudando-a a subir na cama, e ela se deitou nos lençóis, tão vermelhos quanto os de sua tela, os lábios entreabertos e os olhos brilhando de expectativa. Então tirei a calça, jogando-a no chão.

— Rafa... — ela sussurrou meu nome e o pouco de autocontrole que eu ainda tinha se perdeu.

Deitei sobre ela, sentindo a maciez da sua pele contra a firmeza do meu corpo. Ela passou as mãos pela minha barriga até as minhas costas enquanto eu lhe roubava um beijo. Intenso, provocante e sensual. Deslizei meus lábios por sua bochecha, chegando ao pescoço e dando mordidinhas que a deixaram ofegante.

O coração dela acelerou contra o meu peito e continuei acariciando-a até chegar em seus seios. Comecei a mordiscá-los até que, ao vê-la se contorcendo embaixo de mim, passei a sugá-los com força. Ela agarrou meus cabelos, gemendo meu nome enquanto eu provocava seu mamilo, já rígido. Minha barba por fazer arranhava sua pele sensível. Ia deixando nela a minha marca e o meu perfume.

Não parei de acariciá-la nem um minuto sequer, até chegarmos ao auge. Se eu ainda tinha alguma ressalva a respeito do que estávamos fazendo, isso se perdera entre uma mordida e outra em sua barriga. Então, eu me afastei dela lentamente, olhando em seus olhos com as pupilas escurecidas de desejo. Peguei um preservativo na carteira, que estava no bolso da calça. Enquanto o colocava, ouvi Malu soltar um suspiro lento e profundo. Então, passando os braços ao redor do meu pescoço, senti quando pressionou seu corpo nu contra o meu. Deslizei as mãos até seus quadris e a segurei com firmeza.

— Rafa... — ela sussurrou, e meu nome parecia música saindo dos seus lábios. — Por favor...

— O que foi, linda? — perguntei, segurando-a contra minha ereção enquanto deslizava a língua pelo seu pescoço.

— Eu te quero — ela disse, ofegante, e eu me senti pronto para tomá-la, reivindicá-la e fazê-la minha.

O sentimento de posse e o peso das suas palavras me atingiram. Parei por um breve instante, assustado com a intensidade do desejo refletido em seu olhar, bem como com tudo aquilo que estava fervilhando dentro do meu peito e que eu não sabia de onde havia surgido.

Talvez por sentir minha hesitação, ela me beijou e sussurrou em meu ouvido, dando mordidinhas na minha orelha:

— Me come, Rafa.

Suas palavras despertaram um sentimento ainda mais selvagem dentro de mim.

— Boca-suja — murmurei, observando seu sorriso malicioso cheio de expectativa.

— Você gosta — ela falou, e mordeu meu queixo, me fazendo gemer. — Tenho certeza que te deixa com tesão.

— *Você* me deixa com tesão — eu falei e a beijei de novo, mergulhando nela devagar, para que Malu pudesse se acostumar. E, pouco a pouco, ia rompendo a barreira da sua feminilidade.

— Você está bem? — perguntei, preocupado.

— Sim — ela sussurrou, olhando em meus olhos. — Não para.

Abri um sorriso. Enquanto eu a penetrava, ela gemia e me apertava. Aos poucos, meus impulsos foram se tornando mais firmes e mais profundos, e eu a beijava para afastar qualquer sombra de dor.

Ela me abraçou, e percebi que estava prestes a gozar. Minhas investidas ficaram mais aceleradas até estarmos ambos perdidos em uma nuvem de desejo. Ficamos nos beijando sem parar, e tive a sensação de que poderia morrer de tanto prazer.

— Imaginei isso a noite toda, desde que te vi com aquele vestido preto tentador — falei.

Seus olhos se arregalaram, e sua boca se abriu num sorriso sensual e satisfeito.

Senti sua vagina apertando meu membro, o que sugeria que ela estava muito perto do clímax, e só de pensar que eu estava proporcionando a ela uma noite inesquecível, também fiquei à beira do orgasmo. Nossos corpos se contraíram e, no auge, gritamos o nome um do outro, os músculos rígidos e contraídos como cabos de aço.

— Uau — ela murmurou, e encostei a cabeça em seu peito, completamente sem fôlego.

— Uau? — perguntei, rindo. — Você já foi mais eloquente, boca-suja.

Senti sua risada embaixo de mim.

— Eloquente? Puta que pariu, Rafa! — Ela deu uma gargalhada. — Que merda de palavra para usar depois de uma transa!

Nós dois rimos, e dei uma mordida em seu ombro.

— Pelo visto, você gosta quando falo palavras difíceis durante a transa, boca-suja — impliquei com ela, que continuava rindo, feliz. Era tão difícil ver um sorriso dela assim, sem sombra de melancolia, que senti um nó no estômago.

— E acho que você fica excitado quando a minha "boca suja" fala várias sacanagens quando estamos na cama.

— Será? — fingi pensar. — Acho que vamos ter que testar.

— Ainda bem que temos a noite toda — ela riu e, então, segurou meu rosto, me olhando bem nos olhos. — Está tudo bem entre nós, não é?

— Tirou as palavras da minha boca. — Dei um sorriso, tranquilizando-a. — Da minha parte, sim. E para você?

— Também. Se soubesse que seria assim, teria te seduzido há mais tempo. — Malu fez uma careta e nós dois rimos. — Amigos?

— Para sempre — respondi, roubando um beijo que nos levou a uma segunda rodada, que prometia ser ainda mais intensa.

07

"Tu te tornas eternamente responsável por aquilo que cativas."
ANTOINE DE SAINT-EXUPÉRY

MALU

Cheguei ao prédio cheia de sacolas. Tinha ido ao centro comprar material de pintura e, sempre que via tanta variedade, acabava não me contendo e trazia muito mais do que precisava. Estava passando pela portaria quando fui atropelada por um pequeno foguete de cabelos negros e olhos azuis que me derrubou no chão.

— Ah, meu Deus! Desculpe! — A moça que veio logo atrás disse, me ajudando a pegar tudo que tinha caído. — Bruninho, vem aqui ajudar — ela chamou o menino, que parecia corado e um tantinho assustado.

— Tudo bem... ele tem muita energia, né? — respondi, sem saber direito o que dizer. Nunca tive muito contato com crianças e sempre ficava sem jeito perto delas.

— Às vezes até demais — ela respondeu, sorrindo, e estendeu

a mão para mim. — Clara, nova moradora do setecentos e um. E essa pimenta é o Bruninho.

— Oi, tia — o menino respondeu, me dando um beijo na bochecha e me pegando de surpresa.

— Eu sou a Malu, somos vizinhas de corredor! — Clara sorriu ainda mais e, apesar de eu ter sido derrubada pelo pequeno selvagem, gostei dela logo de cara.

— Moram só vocês? — perguntei quando nos levantamos e seguimos para o elevador.

Clara baixou o rosto e uma nuvem de tristeza nublou seu olhar.

— Sim, somos só nós dois. Perdi meu marido no ano passado.

Olhei para ela, assustada. Clara parecia muito jovem para ser viúva. E, ainda por cima, com um filho pequeno. Mais uma vez, a ideia de que a vida era dura demais veio à minha mente.

— Sinto muito, Clara.

— Obrigada — ela respondeu. Queria perguntar mais, mas não tive coragem. Ela pareceu perceber a pergunta em meu olhar. — Leucemia. Foi bastante difícil.

— Ah... essa doença é terrível.

— É, sim. Ele lutou muito, até o final. — Ela abriu um sorriso triste.

Senti um arrepio e fui tomada por uma melancolia enorme. Achava que eu jamais seria tão forte numa situação como essa... Sempre me pareceu uma luta perdida, que, no fim, causa tanto sofrimento para os que estão ao redor. Apertei sua mão, tentando passar algum tipo de conforto, pois me faltavam palavras nesse momento.

— Mas fomos felizes até o fim. E ele me deixou esse presente maravilhoso que é o meu filho.

— Sinto muito que tenham passado por isso — falei, saindo do elevador em nosso andar. — Foi um prazer conhecê-los.

— O prazer foi nosso. Escuta, você não gostaria de comer uma pizza conosco mais tarde? — ela perguntou antes de entrar em casa. — Não conhecemos ninguém aqui e seria ótimo fazer amizade.

— Claro! Quando estiver na hora, é só me chamar aqui. Eu levo as bebidas. — Gostei mesmo dela.

* * *

Por volta das seis e meia, a campainha tocou. Estava de short jeans com a bainha desfiada e camiseta preta, cabelos bagunçados e toda suja de tinta. Enquanto treinava uma técnica nova, me empolguei com os materiais que havia comprado.

Deixando o pincel na mesa, segui até a sala, limpando as mãos. Abri a porta para deparar com o meu homem favorito.

— Desaprendeu a pintar, boca-suja? — Rafa perguntou. Ele passou por mim, deixando um beijo no topo da minha cabeça. Era incrível como ele era tão mais alto que eu.

— Oi, abusadinho. Está tudo bem? — Fechei a porta e segui com ele para o ateliê. — Onde está a sua chave?

— Tudo bem — ele disse, desfazendo o nó da gravata e tirando o paletó. — A sua estava virada na porta, então não consegui abrir. Vou sair mais tarde, mas, como a gente não se viu essa semana, pensei em passar aqui para ver você.

— Qual é a boa de hoje?

— Hum... — ele hesitou e logo notei que ele ia sair com alguém.

— Pode falar, Rafa. Já disse que não me incomodo que você saia com outras mulheres. Entre a gente, não tem isso.

Ele suspirou, passando a mão nos cabelos.

— Eu sei... vou me encontrar com a Taninha — ele explicou, e a imagem da vadia ruiva veio à minha mente. Ela saía com qualquer um que pagasse sua bebida. Fiquei quieta, mas senti seu olhar em mim. — O que foi?

— Como assim? — perguntei, confusa.

— Não vai falar nada?

— O que você quer que eu diga? Que você merece coisa melhor que a vadia do boteco do Tito? Você já sabe disso. — Fiz uma careta e ele sorriu.

— Por isso você é a minha melhor amiga. Sempre me coloca pra cima. — O som rouco da sua risada fez minha nuca se arrepiar de leve. — E você? Vai sair?

— Vou comer pizza com a minha vizinha aqui do lado e talvez, mais tarde, eu saia para beber alguma coisa.

— Hum... com quem?

— Está me controlando agora? — Ele pareceu ficar sem jeito de repente.

— Não, Malu. Só... estou puxando assunto. — A campainha tocou de novo e ele foi atender. Alguns segundos depois, o pequeno foguete estava no meu ateliê e consegui segurá-lo antes que jogasse algo no chão.

— Dá licença, Malu. O seu... oh, que lindo! — Clara parou de falar ao ver a minha tela inacabada.

— Ainda não está pronta.

— Mas está maravilhosa! Você é muito talentosa — ela disse, e senti meu rosto esquentar. — Desculpe invadir, mas o seu namorado disse que não tinha problema.

— Namorado? — Franzi a testa. — Quem? O Rafa? — Ela me olhou, confusa. — Somos só amigos.

| 60

— Ah, desculpe... bem, ele disse que eu podia entrar. Era para te chamar para aquela pizza, mas se você estiver ocupada...

— Não, Clara. O Rafa é de casa. Dá tempo de tomar um banho rapidinho?

— Claro, está terminando de assar. Se quiser convidá-lo... — Naquele momento, Rafa entrou no ateliê segurando uma cerveja.

— Tá a fim de uma pizza, Rafa?

— Claro! Posso levar minha cerveja junto? — ele perguntou, rindo, e dei um soquinho em seu ombro ao sair.

— *Minha* cerveja, você quer dizer, né?

Clara ficou nos observando e achando graça.

— O que é seu é meu.

— Ah, nem vem!

— Pode levar sua cerveja, sim — Clara disse com um sorriso.

— Vou esperar lá em casa. A porta está aberta, é só entrar.

* * *

A noite foi bastante divertida. Ficamos conversando até que, por volta das oito e meia, quando Bruninho dormiu no sofá, Rafa foi embora para se arrumar para o encontro com a vadia.

— Vocês dois combinam. Nunca pensaram em namorar? — Clara me perguntou com um sorrisinho.

— Temos uma *amizade-colorida*. Não temos nada sério com ninguém.

— Como assim?

— Não acreditamos no amor, no romance, no felizes para sempre. Quem ama sofre, perde. Sofre por um chifre, por um pé na bunda, por um desentendimento. Perde quando termina, quando o outro morre, quando se apaixona por outra pessoa. O risco não compensa. Melhor manter o coração protegido. Nem sei se o amor existe mesmo ou se é uma invenção do capitalismo.

— Nossa, Malu... que triste! Você é uma menina tão nova para ter essa visão cínica da vida. Posso afirmar que o amor existe, sim. Eu o vivenciei em sua plenitude.

— Mas você o perdeu... — falei, tentando não ser dura demais.

— Sim. Mas não troco os nossos momentos juntos por nada. O Breno me mostrou, até o fim, o amor que sentia por nós. Ele lutou por nós, para viver o máximo possível ao nosso lado. Mesmo nos dias em que estava muito mal, castigado pela doença, sempre tinha uma palavra de carinho, de esperança. — Ela enxugou uma lágrima. — Não tenha medo de amar quem vale a pena. Você merece amar e ser amada.

Sorri, tocada por suas palavras. Pensei no Rafa, mas balancei a cabeça, como se quisesse afastar sua bela imagem da minha mente.

— Obrigada, Clara. Vou pensar no que você falou. Quem sabe a vida não me mostra que estou errada, não é?

Dei um sorriso e me despedi. Precisava me arrumar para sair.

08

"És parte ainda do que me faz forte e,
para ser honesto, só um pouquinho feliz."
LEGIÃO URBANA

M A L U

Alguns meses depois de ter conhecido Clara, consegui convencê-la a sair comigo. Ela era uma daquelas mãezonas que participava ativamente da vida do filho, que se sentava no chão para colorir com ele, contava histórias para ele dormir e o enchia de beijos repletos de amor. Mas até mesmo as boas mães precisam sair para uma caipirinha uma vez na vida.

O Rafa e o Léo haviam sido promovidos no trabalho e resolveram comemorar com os amigos. Ia ser numa casa de festas perto de onde morávamos. Beto e Merreca, que agora davam aula de surf na praia e participavam de vários campeonatos, nos encontrariam lá.

Tomei um banho demorado e, em seguida, coloquei o vestido vermelho que havia comprado especialmente para a ocasião.

A pintura me dava um bom dinheiro, o qual, além de bancar minhas despesas, era aplicado em fundos de investimento. Eu tinha comprado algumas roupas, já que precisava ir mais arrumadinha para os eventos profissionais e as exposições, mas também me permiti ser um pouquinho indulgente e comprei um belo vestido sensual. Eu já estava havia algum tempo sem ficar com ninguém e esperava conseguir me divertir naquela noite.

Já não dormia com Rafa havia uns dois meses. Focado na promoção, ele tinha passado noites trabalhando em um caso e, no fim, seu escritório saiu vitorioso. Nós não tínhamos um *relacionamento*, mas eu não transei com mais ninguém. Não que eu quisesse algum tipo de exclusividade, mas é que o rolo com o Rafa me bastava. Os outros caras não despertavam o mesmo desejo em mim. Achava que isso tinha muito a ver com a nossa amizade. Os outros caras... bem, eu gostava de flertar e de dar uns beijos, mas nada além disso.

Eu me olhei no espelho. O vestido era lindo e sexy. Em um tom exuberante de vermelho e bem justo, realçava as minhas curvas. Sem muitos detalhes, o destaque todo ficava para o decote geométrico e para a única manga que cobria minha tatuagem de flores.

Calcei um sapato de salto alto preto e sequei meus cabelos, deixando um ar despenteado, como o cabeleireiro tinha ensinado. Hellen havia me proibido de cortá-los sozinha e de fazer mechas coloridas. "Não é bom para sua carreira, querida", ela sempre falava. Então, meus cabelos estavam na altura da nuca e mais compridos na frente, ainda escuros, mas com luzes finas que iluminavam meu rosto. Depois, apliquei a maquiagem, destacando teatralmente meus olhos e meus lábios com um batom cor de cereja. Estava pronta para ganhar a noite.

As únicas joias que usava eram um par de brincos e a pulseira que não saía do meu braço. Rafa havia me dado de presente no meu aniversário de 19 anos e eu nunca mais a tirei. Pouquíssimas vezes ganhei algo que tivesse um real significado como aquela pulseira. Na verdade, eram poucas as pessoas que realmente me compreendiam a ponto de saber o que era significativo para mim. Não sabia se eu era complexa demais ou se não era merecedora desse tipo de carinho da maioria das pessoas.

Dei de ombros, arrumei a bolsa e afastei esses pensamentos. Se eu começasse a pensar nisso agora, não iria sair de casa. E não estava com a mínima vontade de me enredar em pensamentos melancólicos que me fariam desanimar e desistir de sair de casa e aproveitar a noite.

Guardei dinheiro, cartão, celular e cigarros na bolsa e, então fui bater à porta da Clara, que abriu com um sorriso no rosto. Ela estava linda! Nesses meses em que nos aproximamos, descobri que ela não era só uma mãezona para o Bruninho, como também para todas as pessoas de quem gostava, e eu tinha a sorte de fazer parte do seu rol de amigos e de ser merecedora do seu cuidado.

— Chegou bem na hora! O Bruninho acabou de ir — Clara disse, sorrindo.

— Deu tudo certo com a babá? — Chamamos o elevador.

— Sim. A Camila, mãe da Tati, uma das coleguinhas dele do colégio, me indicou uma senhora que sempre fica com a menina. Ela vai cuidar dele hoje. — Entramos no elevador e apertei o botão do térreo. — Ela é um doce de pessoa. Mas confesso que quase desisti.

— Por quê? — perguntei quando as portas se abriram no térreo.

— Fiquei com o coração partido de deixá-lo ir. Além disso, não estou acostumada...

— Acostumada a quê?

— A sair... com adultos — ela disse, rindo. — Meu programa mais animado é ir para o parquinho do bairro.

— Até parece que eu deixaria você desistir — falei, rindo enquanto seguíamos para a rua em busca de um táxi. — Hoje a noite é nossa, meu bem. Vamos dançar, beber caipirinha e beijar na boca.

— Vou deixar essa parte para você. Vou ficar só com a dança, tá?

— Estraga-prazeres!

* * *

A festa já estava animada quando chegamos ao local. Fiquei aliviada por ter escolhido o vestido vermelho, porque as pessoas estavam bem-vestidas. Mas também, o que eu esperava? Os novos amigos do Rafa eram advogados, e todo mundo sabe que o terno é quase uma segunda pele para eles.

Clara também estava arrumada, com um vestido verde estampado pouco acima dos joelhos. Seus cabelos claros estavam soltos, e era incrível como a cor do vestido destacava seus olhos, também verdes.

Fomos recebidas por uma recepcionista, que conferiu nosso nome na lista de convidados e autorizou a nossa entrada. Quando chegamos ao salão da festa, olhei ao redor, mas não encontrei o Rafa.

— Cheio, né? — Clara perguntou, com uma expressão um tanto apavorada.

— Nada de voltar atrás!

— Mas... o Bru... — Clara gaguejou, e senti que ela estava mesmo em pânico.

— Está dormindo, e a *senhorita* vai me acompanhar até o bar. — Eu a levei pela mão. — Duas margaritas! — pedi ao garçom, que assentiu com uma piscadinha.

— Eu nem gosto de beber — Clara explicou, e não consegui segurar o riso. — Sério, estou nervosa. Não sei o que vim fazer atrás de você, Malu. Já passei dessa idade.

— E desde quando existe idade para se divertir? Além disso, você não é tão mais velha do que eu — falei, empurrando o drinque em sua direção.

Ela me lançou um daqueles olhares que costumava reservar para o pequeno foguete que tinha em casa.

— Eu sou mãe, Malu.

— E qual é o problema? Você é mãe, mas é jovem, linda e merece se divertir — argumentei, e ela sorriu. Levantei minha taça, esperando que ela fizesse o mesmo. — À diversão! — Brindamos e tomamos um gole. Clara engasgou com a bebida à base de tequila e começou a tossir. Estava me levantando do banquinho para ajudá-la quando percebi alguém se aproximar.

— Ei... tudo bem? — Léo, o melhor amigo do Rafa, perguntou a Clara, tirando a taça de suas mãos e segurando seus ombros, preocupado.

Ela ainda estava tossindo e vermelha, parecendo ainda mais constrangida com a presença dele ali.

— Hum... estou melhor... — ela respondeu, gaguejando e sem ar. — O que tinha nessa bebida, Malu? — ela perguntou, ainda desconcertada.

— Tequila? — *Afinal, o que tem numa margarita?* Ela voltou a tossir.

— Vou te matar! — ela exclamou ao recuperar o ar. Léo não tirava os olhos dela. — Não bebo há quinhentos anos e você me dá tequila?

— Não bebe há muito tempo? — Léo perguntou, e ela, pela primeira vez, pareceu se dar conta do contato com Léo.

— Eh... hum... não. — Eles ficaram momentaneamente em silêncio. Léo hesitou antes de soltá-la. Então, se virou para mim e me cumprimentou com um beijo no rosto.

— Desculpa, gente. Nem falei direito com vocês. Oi, Malu.

— Oi, querido. O Rafa já chegou?

— Deve estar estacionando. — Ele sorriu e voltou seu olhar para Clara. — Não vai me apresentar sua... *amiga?*

Não sei explicar, mas senti uma estranha vibração pairando sobre os dois.

— Claro. Léo, essa é a Clara, minha vizinha. Clara, esse é o Leonardo, um grande amigo meu e do Rafa.

Ele estendeu a mão, e ela ficou alguns segundos apenas olhando-a, meio sem reação. Ele sorriu, como se a estivesse incentivando, e então ela finalmente o cumprimentou.

— Oi — Clara respondeu, com o rosto corado, e Léo a encarou, com um ar misterioso, tão diferente do seu jeito descontraído habitual.

— Bom te conhecer, Clara — ele respondeu, sem soltar a mão dela.

Até que algo chamou sua atenção. Olhei na mesma direção que ele e vi Rafa. De calça jeans cinza e camisa social branca realçando a pele bronzeada.

Apesar de não estarmos mais no verão, ele corria toda manhã, conservando, assim, sua pele dourada, tão diferente da minha. Dando um toque despojado e, ao mesmo tempo, elegante, seu blazer escuro parecia feito sob medida, ajustando-se ao corpo sarado quase à perfeição. Mais do que nunca, ele estava com cara de homem bem-sucedido. Olhando-o de longe tão... imponente, não pude deixar de pensar que eu estava muito aquém do que ele precisava... não era o tipo de garota com quem ele pudesse ter um futuro. Não que eu achasse que um dia algo mudaria em nosso relacionamento, longe disso. Mas não conseguia evitar pensar que eu poderia levar muito problema para a vida dele. Suspirando, balancei a cabeça para tirar essa bobagem da cabeça. Ele veio rindo, até que se virou para falar alguma coisa e eu vi alguém segurando seu braço. Totalmente focada nele, eu não havia percebido que ele estava acompanhado. A mulher era loira, alta, bem magra, cabelos longos e seios fartos. Usava um vestido branco justo que deixava pouco para a imaginação. Sua pele era tão dourada quanto a dele, mas seu sorriso enorme não chegava aos olhos. Era bela, não havia como negar. E parecia que, naquele dia, era ela quem ele levaria para casa no final da noite.

Dei de ombros e me virei para o bar novamente. Fiz um sinal para o barman servir outra rodada e, quando olhei para Clara, ela estava me olhando, com uma expressão preocupada.

— Tudo bem? — ela murmurou, parecendo enxergar dentro de mim.

Balancei a cabeça de leve e sorri para tranquilizá-la, apesar de nem eu mesma saber explicar o que estava sentindo. Será que havia ficado incomodada por Rafa estar acompanhado? Mas quantas vezes já tinha visto isso e nunca me incomodei? Que palhaçada era aquela? Definitivamente, eu precisava de uma bebida. E de um cigarro.

O barman entregou meu drinque com uma nova piscadinha, e peguei a taça sorrindo. Dei um gole na bebida refrescante e senti um arrepio quando uma mão grande tocou minha cintura.

— Oi, linda — Rafa disse em meu ouvido para, em seguida, beijar meus cabelos.

Virei para encará-lo, e seus olhos cinzentos demonstraram alegria em me ver.

— Oi, querido. — Dei um abraço bem apertado nele, agarrando seu pescoço. O cheiro do seu perfume me envolveu e provocou um arrepio que percorreu toda a minha coluna até a nuca. — Parabéns pela promoção! Você mereceu. — Não sei onde encontrei forças para falar. Talvez estivesse sem sexo há muito tempo e isso estava deixando minhas reações à flor da pele. *Qual é, Malu? É só o Rafa! O bom e velho Rafa.*

— Obrigado — ele respondeu e sorriu para mim, sem soltar minha cintura.

Ficamos nos olhando por alguns segundos até que ouvi uma voz atrás dele.

— Não vai me apresentar sua amiga, Rafael?

Como se tivesse acordado de um transe, Rafa se virou para a mulher. Então, reassumindo o controle, ele falou:

— Claro, Bela. Essa é a Malu, minha amiga — ele disse, olhando para mim e piscando, com um sorrisinho torto. Sem desviar o olhar do meu, ele concluiu: — Malu, essa é a Isabela.

— A acompanhante dele esta noite. — Ela abriu um sorriso malicioso e, subitamente, percebi uma pontada de tristeza.

Rafa era um cara tão legal, com um coração tão bom. Me doía a alma vê-lo perder tempo com esse tipo de gente, que, nitidamente, só queria usá-lo.

Mas ele vai usá-la também, ouvi uma voz murmurar baixinho em meu ouvido. É, minha consciência talvez tivesse razão. Sorri para ela e levantei a taça, num brinde silencioso.

— Linda, vou precisar cumprimentar algumas pessoas. Você vai ficar bem aqui? — ele perguntou, passando o indicador pelo meu queixo.

— Vou, sim, pode ficar tranquilo. A festa é sua, aproveite. Você merece — eu disse, e ele sorriu, satisfeito.

Pedindo licença, ele se afastou com a peituda oferecida, e eu me virei para Clara, que estava encarando Léo. Era nítido que havia pintado um clima ali. *Acho que estou sobrando.*

— Gente, vou ali fora fumar um cigarro e já volto — falei, e Clara arregalou os olhos, talvez se dando conta de quanto estava entretida na conversa. — Léo, fica aí conversando com a Clara? Ela não gosta da fumaça. Volto já.

— Claro, Malu — ele disse, voltando a olhar para ela.

Piscando para Clara, segui para a entrada. Mostrei o cigarro para o segurança, indicando que precisava sair para fumar, mas, com um sorriso simpático, ele disse:

— Lá atrás, tem uma área grande onde a senhorita pode fumar seu cigarro sem precisar ficar parada aqui fora a esta hora da noite — Ele apontou para os fundos, e fui até lá pela lateral da casa.

A área externa da casa tinha um jardim enorme, com um caminho cimentado cortando um mar de flores coloridas. Acendi o cigarro, traguei e fechei os olhos, pensando que aquela explosão de cores ficaria linda num quadro em aquarela. Soltando a fumaça, resolvi tirar uma foto daquele jardim para reproduzir no futuro. Com o cigarro em uma das mãos, tentei abrir a bolsa com a outra para pegar o celular.

— Nunca te disseram que essa coisa mata? — Ouvi uma voz atrás de mim e dei um pulo, derrubando tudo que estava dentro da bolsa no chão.

— Ah, merda! — Coloquei o cigarro na boca e me abaixei para pegar minhas coisas quando o estranho se abaixou do meu lado para me ajudar.

— Me desculpe. Não quis assustá-la — ele falou, me entregando um batom. Ainda um pouco trêmula e bastante irritada, levantei o rosto e deparei com um homem lindo, que me encarava, sorrindo. Depois que guardei o batom e todo o resto, nos levantamos. — É que você parecia tão solitária aqui fora, eu quis puxar assunto. — O estranho abriu um sorriso brilhante que o deixou com cara de menino. Não consegui resistir e retribuí o sorriso.

— Tudo bem, eu estava distraída com a beleza do jardim.

— Que não é tão lindo quanto você — ele disse, e eu fiz uma careta. — Putz! Essa foi horrível, né? — Balancei a cabeça, concordando. — Desculpa, vou tentar melhorar. Gabriel. — Ele estendeu a mão, ainda sorrindo.

— Malu. — Aceitei o gesto, e ele apertou minha mão com firmeza. Manteve minha mão envolvida no calor da sua por um tempo um pouquinho maior que o necessário, mas seu toque era surpreendentemente bom.

Ficamos ali fora por alguns minutos, conversando. Gabriel contou que era engenheiro, amigo de um amigo do Rafa, e que tinha ficado solteiro havia pouco tempo. Ele me ouviu com atenção, fazendo perguntas de vez em quando. De repente, pegou minha mão de novo.

— Vamos dançar?

Ele era um cara legal, simpático, e não vi motivo para não aceitar. Quando chegamos à pista de dança, o DJ começou a tocar *Cheerleader*, do OMI, e a batida sensual da música me animou.

— Não sei dançar isso — falei, e Gabriel sorriu, parecendo subitamente ainda mais sedutor.

— Eu também não, mas podemos improvisar. — Ele piscou para depois me puxar para o meio da pista de dança.

Seus braços envolveram minha cintura enquanto apoiava as mãos em seus ombros. Com o rosto muito próximo do meu pescoço, ele me conduziu no ritmo da música, nossos corpos grudados. Ele era alto, mas não tanto quanto Rafa. Seus cabelos eram negros e ondulados, quase na altura do pescoço. Sua pele era clara e parecia iluminar ainda mais os olhos azuis. Ele era indiscutivelmente bonito e, pela primeira vez, considerei levar alguém que não fosse o Rafa para a minha casa.

Levei um pequeno susto com essa ideia e olhei ao redor enquanto dançávamos. Vi Rafa com um braço em volta do quadril da tal Bela e senti um estranho nó no peito. Eu sabia que ele saía com outras pessoas, assim como eu deveria fazer, e até já o vira com mulheres antes, mas me senti estranhamente incomodada naquela noite.

— Está tudo bem? — Gabriel murmurou em meu ouvido, e voltei minha atenção para ele.

— Sim, só estava distraída. Desculpe — falei, sentindo meu rosto esquentar por ter sido pega no flagra.

— Ah, então acho que preciso fazer uns passos mais elaborados para te prender — ele brincou, e quando menos esperava, estava me girando pela pista.

Ok, agora ele tinha minha total atenção.

Cumprindo a promessa, ele me distraiu, me puxando para si, me afastando, me fazendo girar e gargalhar como eu não fazia havia muito tempo.

— E olha que você não sabia dançar, hein!? Imagina se soubesse — falei, rindo.

— Talvez eu tenha me esquecido de dizer que fiz dança de

salão por um tempo — ele respondeu, com um piscadinha e um sorriso torto.

A música estava quase no fim e, num movimento inusitado, ele segurou minha cintura, desceu meu tronco até quase o chão e me puxou de volta. Nossos rostos ficaram muito próximos. Por alguns segundos, apenas nos olhamos, e tive certeza de que era um daqueles momentos que antecediam um beijo. Seus olhos estavam brilhantes, e a respiração, levemente ofegante, exatamente como a minha. Então, com as mãos na minha cintura, ele aproximou o rosto do meu.

Ouvi alguém pigarrear atrás de mim e me virei.

— Rafa?

Ele abriu um sorriso inocente.

— Não dançamos juntos ainda — ele disse, e eu o encarei, confusa.

E quando, na vida, nós dançamos juntos?, me perguntei, indignada.

— Dançar? — perguntei, franzindo a testa.

— Sim, esta é uma noite especial, deveríamos comemorar. Você se importa? — ele perguntou educadamente a Gabriel, que, mantendo a postura cavalheiresca, deu um passo para trás e assentiu.

Rafa me levou pela mão para o meio da pista. *I'm not the only one*, de Sam Smith, estava tocando, e eu me senti estranhamente nervosa. Ele se aproximou e me puxou para perto, envolvendo minha cintura e apoiando a mão no meu quadril, como se estivesse demarcando território. Começamos a dançar sem dizer nada. Perdida em pensamentos, eu me vi em seus braços, embriagada por seu perfume tão masculino e pelo calor do seu corpo. Ali, em silêncio, abraçada a ele, não pude deixar de comparar os dois homens. Ambos eram belos e sensuais, mas Rafa me atraía como uma força da natureza, provocando arrepios em meu corpo e me fazendo desejar, instantaneamente, que estivéssemos a sós. Ele me passava proteção, como se em seus braços fosse o meu lugar, mas, ao mesmo tempo, me deixava confusa, assustada com aquilo que despertava em mim. Disse a mim mesma que me sentia assim porque o Rafa era o meu melhor amigo e minha pessoa preferida no mundo, mas meus argumentos começaram a ser derrubados pouco a pouco, quando senti seus lábios em meu pescoço, seguindo numa trilha até a minha orelha.

— Já disse quanto você está linda com esse vestido vermelho? — ele murmurou, mordiscando meu lóbulo e me fazendo ofegar.

— Mas acho que você vai ficar ainda mais linda sem ele. —

— Acho que sua amiga não vai gostar muito de me ver assim — falei, tentando brincar, mas sentindo certo desgosto ao me lembrar da "amiguinha" dele.

— Ah, mas você assim é só para os meus olhos. — Sua língua seguiu o caminho feito pelos lábios, provocando um arrepio dos pés à cabeça. — É você quem eu quero, Malu. — Sua voz soava rouca e sensual.

Senti sua mão subir pelas minhas costas, seus dedos traçando a curva da minha coluna delicadamente, deixando um rastro de calor.

— Rafa... — murmurei seu nome, perdida em seu toque familiar.

Ele segurou meu rosto, acariciando minha pele macia com a ponta dos dedos. Respirou fundo e envolveu os dedos em meus cabelos num aperto firme. Seu rosto se aproximou do meu, e meus lábios se entreabriram. Era como se isso fosse a fagulha que faltava para ele incendiar. Ele me beijou. Mas nada tinha a ver com os beijos que costumávamos trocar nos momentos íntimos. Era uma reivindicação. Ele tomou posse da minha boca, fazendo com que eu me esquecesse de tudo e de todos ao redor.

Aquele momento pareceu durar horas; perdi a noção do tempo. E logo nosso corpo ansiava por mais do que um beijo. Ele se afastou devagar, sorriu, os olhos acinzentados me fizeram lembrar de um céu em noite de tempestade.

— Vamos para casa — Rafa disse.

09

"Já pensei em te largar, já olhei tantas vezes pro lado. Mas, quando penso em alguém, é por você que eu fecho os olhos."

FERNANDA MELLO E ROGÉRIO FLAUSINO

RAFA

Num piscar de olhos, eu me dei conta de que estava atracado com a Malu no elevador, depois de ter saído correndo da festa. Eu não tinha planejado nada disso. Mas era incrível como sempre agia com impulsividade quando estava ao lado dela. Meu plano era ter uma noite divertida com os amigos. Era um dia importante para mim: havia acabado de me tornar sócio do escritório. Eu sabia que ela estaria lá. Na verdade, fiz questão que estivesse, já que era a minha melhor amiga. Incentivei que levasse a Clara, para que não se sentisse sozinha, uma vez que eu teria que dar atenção a muitos convidados.

Estranhamente, passei a tarde pensando nela. Fazia um bom tempo que não ficávamos juntos e a nossa última vez me deixara com um sentimento estranho. Lembrei que tínhamos assistido a um filme na Netflix. Estava um pouco frio, e ela se aconchegou em mim. Uma coisa levou à outra e acabei passando a noite lá. Na hora de ir embora, senti um nó no estômago, e não entendi o motivo. Comecei a achar que estávamos transando com muita frequência e que isso tinha começado a me confundir, então resolvi dar um tempo. Foquei no trabalho e logo deixei para lá. Até o dia da festa.

Com isso na cabeça, liguei para a Bela de última hora, e a convidei para ser minha acompanhante. Eu já sabia o que aconteceria: terminaríamos a noite em algum motel. Era tudo o que eu precisava para esquecer aquilo e voltar ao normal.

Mas, obviamente, quando se tratava da Malu, as coisas nunca eram normais. Se fossem, eu não teria acabado ali, embriagado com seus beijos.

Quando cheguei à festa, ela já estava lá. Notei de longe, com um vestido vermelho sensual. Ela abriu um sorriso assim que me viu, mas foi só perceber a Bela ao meu lado que sua expressão se fechou na mesma hora. Falei para mim mesmo que precisava parar de ser superprotetor com a Malu, pois isso não estava me fazendo bem. Conversamos um pouco e resolvi me afastar, cumprimentar outras pessoas. Bela foi comigo, mas, àquela altura, eu já tinha meio que perdido o tesão nela.

Algum tempo depois, fui em direção à pista de dança e a vi. Era impossível não notar aquela chama vermelha brilhante. Ela dançava abraçada a um cara que eu nunca tinha visto na vida e, pela primeira vez, me senti incomodado. Sim, eu sabia qual era o combinado: éramos livres para sair com outras pessoas. Nada de amarras, nada de relacionamento. Mas, então, ela fez algo que eu raramente a via fazer: soltou uma gargalhada. Daquelas de jogar a cabeça para trás e estremecer o corpo enquanto o cara a girava pelo salão. Malu era uma pessoa melancólica. Todo mundo a achava alegre e para cima, mas eu, que a conhecia muito bem, sabia que era um disfarce para seus verdadeiros sentimentos. Então, vê-la rir daquele jeito com um desconhecido fez meu peito se apertar e todo o meu bom senso saiu voando por aí, sem destino.

Esquecendo-me da minha companhia naquela noite, do nosso acordo e do meu juízo, roubei Malu para uma dança que virou, basicamente, uma preliminar.

Quando vi, já estávamos saindo do elevador na ponta dos pés para não fazer barulho, segurando o riso e os beijos para não incomodar os vizinhos enquanto ela procurava a chave na bolsa.

Malu, finalmente, abriu a porta, e nós entramos, ainda grudados num beijo apaixonado. Nem sequer acendemos as luzes da sala, e bati a porta com o pé. Ela tirou meu blazer e o jogou no chão. Segurei-a no colo, e Malu enroscou as pernas no meu quadril. Tirei seus sapatos de salto muito altos, que foram parar no chão também.

Ela gemeu, abrindo os botões da minha camisa com pressa. Tive certeza de que, se ela tivesse força, faria como naqueles romances açucarados: puxaria a blusa, arrancando os botões, tamanha sua ânsia. Já estávamos no corredor; meu cinto aberto, e ela com o vestido levantado quase até a cintura. Mordi seu pescoço quando ela, enfim, conseguiu arrancar a bendita camisa de mim. Com ela enroscada em meu corpo, parei um instante. Prendi-a na parede com o meu corpo e mordi seu lábio inferior. Enquanto arrancava meus sapatos e meias, jogando-os no chão, Malu gemeu alto contra a minha boca. Quando a levei para o quarto, ela se contorceu, tentando abrir a minha calça, que caiu na entrada do cômodo.

Estendi seu corpo no meio da cama e puxei o vestido vermelho. Aquele vestido sexy se juntou à trilha de roupas espalhadas pela casa.

Então me deitei sobre ela, que entrelaçou os dedos em meus cabelos enquanto dava beijos e mordidas em seu rosto, seguindo pelo queixo e descendo até o pescoço. Minha língua fez todo o caminho até os seios. Ela se arrepiou, cravando as unhas em minhas costas e gemendo quando coloquei a boca em seu mamilo.

Havia um desespero em cada carícia que trocávamos, como se mal pudéssemos esperar para sentir cada toque.

— Safado... — ela sussurrou, me fazendo rir quando comecei a lamber o outro seio, sugando-o lenta e intensamente, como havia feito com o outro. Ela passou a mão nas minhas costelas, descendo pela barriga até chegar à minha ereção. — Rafa... — ela gemeu meu nome e perdi o controle. Nunca tinha sido assim. Nem com ela, nem com ninguém. Senti meu corpo estremecer e sabia que não ia resistir nem mais um minuto.

— Malu, preciso de você agora. — Minha voz saiu num grunhido, e ela respondeu sim com um gemido.

Não tinha mais condições de esperar, de prorrogar as carícias ou de fazer qualquer outra coisa que não fosse possuí-la. Abri suas pernas com delicadeza e investi minha ereção contra ela, sentindo seu calor me envolver como nunca.

Malu gemeu baixinho e se agarrou a mim quando sentiu meu membro. Arqueou o corpo, inquieta, cravou as unhas em meus braços e abriu ainda mais as pernas. Senti seu perfume doce me envolver. De olhos fechados e lábios entreabertos, ela passou as mãos pelas minhas costas.

Roubei um beijo, minha língua capturando a sua com desespero. Explodindo de desejo, segurei seu quadril, fazendo-a gemer mais alto contra meus lábios e agarrar meus cabelos. Continuei investindo, cada vez mais forte, e meus lábios procuraram a curva do seu pescoço até chegarem ao ombro. Abri os olhos, e passei a língua nas flores tatuadas, deixando-a arrepiada de prazer. Depois fiz o mesmo no outro ombro. Meus movimentos foram se tornando cada vez mais intensos. Não resisti e mordi com força sua pele macia, sentindo-a estremecer embaixo de mim, chamando meu nome ao alcançar o clímax. Excitado com sua reação, deixei que a onda de prazer me tomasse, levando-me ao clímax mais intenso que já tinha experimentado. Foi como se não houvesse barreiras, um prazer elevado à décima potência quando mergulhei naquele corpo que me enlouquecia.

Pouco a pouco, nossas respirações se acalmaram. Ainda estava deitado em cima dela, sentindo seu calor e maciez me envolvendo, provocando as mais diversas sensações. Levantei a cabeça e vi seu rosto corado. Ela abriu os olhos e sorriu. Roubei mais um beijo e comecei a me afastar para tirar o preservativo quando, subitamente, entendi o que eu estava sentindo de tão diferente.

— Puta merda!

— Que foi, Rafa?

— Esqueci a camisinha — expliquei, surtando. Nunca havia esquecido de usar. Nunca! Nem quando era adolescente.

— Tudo bem — Malu disse, e eu olhei para ela, assustado.

— Como assim, tudo bem?

— Estou tomando pílula, então não corro risco de engravidar. Não tive outros parceiros e acredito que você se proteja com as outras mulheres. Ou estou enganada?

— É a primeira vez que esqueço de usar, Malu — respondi sério, e ela balançou a cabeça, assentindo.

— Tudo bem. A gente estava meio empolgado — ela falou, e eu me levantei, ainda sem acreditar no que tinha feito.

Onde eu estava com a cabeça? Fui até o banheiro, tenso. Entrei no chuveiro, deixando a água quente cair nas minhas costas para relaxar e tentar entender aquilo. Como eu tinha me envolvido tanto a ponto de esquecer minha regra número um no sexo? Eu não queria vínculos nem relacionamentos, e transar sem camisinha podia resultar no maior vínculo de todos: um filho. Ao pensar nisso, a imagem de Malu grávida me veio à mente e, por mais incrível que parecesse, não me assustou. Antes que eu tivesse a chance de refletir sobre isso, ouvi a porta do box se abrir e ela entrou, nua e com um sorriso sedutor. Pegou um vidro de sabonete líquido, colocou um pouco nas mãos e começou a esfregar minhas costas.

— Não pira, Rafa. Já falei que está tudo bem. Vamos tomar um banho e relaxar. Ainda temos muitas horas pela frente — ela disse, massageando as minhas costas e me fazendo relaxar pouco a pouco.

— Hummm — soltei um gemido leve. — Horas?

— Aham. E tem bastante camisinha na gaveta para isso — ela falou num tom brincalhão que me impossibilitou de segurar a risada.

Como sempre, ela despertava em mim os melhores sentimentos, e eu não conseguia resistir ao seu toque. Tínhamos uma longa noite pela frente.

10

"Das coisas que eu gosto, você é a que gosto menos de gostar."
SOULSTRIPPER

RAFA

Passava um pouco das nove horas quando entrei no café que ficava próximo ao meu prédio. Léo já estava me esperando na nossa mesa habitual, com uma grande xícara de café preto.

— E aí, cara? — ele me cumprimentou, parecendo emburrado.

Suspirei e me sentei na sua frente, acenando para um garçom.

— Por que está com essa cara?

— Ressaca. Fui a uma festa ontem, sabe? Com meu melhor amigo. Combinamos de encher a cara juntos para comemorar a promoção. Mas sabe o que ele fez? Saiu da festa sem se despedir e deixou uma empata-foda lá.

Putz! Passei a mão nos cabelos e abaixei a cabeça. Tinha me esquecido completamente da Bela. Olhei para o Léo, que bebia um gole do café enquanto o garçom trazia o meu.

— Que merda foi aquela?

Fiquei pensando por alguns segundos, já que, na verdade, nem eu sabia como explicar.

— Não sei, Léo. Acabou acontecendo... foi mal, cara.

— Muito mal mesmo. Não sei por que você não para com essa palhaçada de "não quero nada sério". Tá na cara que você gosta da Malu, e não é de agora.

Fiquei paralisado com a xícara de café no caminho até a boca.

— Como assim, gosta da Malu? Claro que gosto! Somos amigos — soltei, impaciente, dando um gole no meu café.

— Ah, Rafa, para, né? Gosta como homem, porque, como amigo, você gosta é de mim — Léo disse e, de repente, engasguei, cuspindo café na mesa toda.

— Você está... — Tossidas. — Enganado. — Fiquei sem ar, com o rosto vermelho.

Merda!

— Aham. Sei. Olha só, vou te falar numa boa, porque sou seu amigo. Você gosta dela. Ela gosta de você. Se vocês continuarem de teimosia, duas coisas podem acontecer: ou vão perder um tempo enorme com essa coisa de amigos que transam enquanto poderiam estar construindo um relacionamento legal ou então...

— O quê?

— Um dia, alguém vai ver nela o mesmo que você não admite que vê. Vai roubá-la bem debaixo do seu nariz e vai oferecer a ela tudo aquilo que você quer mas não oferece por medo de se envolver.

Pensar que alguém poderia tentar conquistar a Malu me fez lembrar da noite anterior e do carinha que dançava com ela. Na companhia dele, Malu chegou a gargalhar e parecia que, pela primeira vez em muito tempo, se divertia de verdade. Senti um incômodo ao pensar nos dois juntos fazendo outros programas de casal. Balancei a cabeça, tentando afastar a imagem, e me dei conta de que o Léo tinha lá sua razão. Eu estava envolvido demais.

— É verdade. Preciso me afastar um pouco, sair com outras pessoas...

— Mas, Rafa...

— Não, Léo. Eu não quero envolvimento, não quero ficar sério nem com a Malu. Preciso voltar a sair com outras pessoas antes que a gente confunda as coisas — falei, e ele ficou me observando, parecendo ainda mais chateado.

— Se você tem certeza...

— Tenho, sim — disse, resoluto, pensando que precisava arrumar outra pessoa para sair e tirar, definitivamente, a Malu da cabeça.

M A L U

Passei o dia presa no ateliê, pintando, aproveitando a súbita inspiração que havia me envolvido. Nem vi a hora passar. Só fiquei lá, entretida com um mundo de cores, pincéis, misturas, solventes e telas, acompanhada apenas de *Florence + The Machine*.

De repente, o celular tocou, me dando um susto. Olhei a tela enquanto limpava a mão numa estopa. Clara.

— Oi, Clarinha.

— Oi, Malu. — Ela suspirou. — Fiz pizza, vem jantar.

Soltei um gritinho de comemoração!

— Oba! Mas... espera. Já está na hora do jantar?

— Já até passou. São quase dez da noite. O que você está fazendo? — Quando olhei para o relógio, me surpreendi.

— Estava pintando. Caramba! Nem comi nada ainda. — Minha barriga escolheu aquele momento para roncar.

— Então, pode parar com o trabalho e vem jantar. A pizza está quase saindo do forno. Tem refrigerante. Se quiser cerveja, traz da sua geladeira.

— Vou tomar um banho rápido e já vou. O foguetinho está acordado?

— Não, já dormiu. Está tarde... — ela falou, e consegui perceber que estava rindo.

— Tudo bem, me dá dez minutos que eu já vou.

Desliguei o telefone e corri para o chuveiro. Tirei a roupa e entrei debaixo da água quente, sentindo o calor relaxar meus músculos doloridos. A sensação me lembrou, automaticamente, da noite anterior, quando Rafa exigiu que meus músculos trabalhassem com intensidade nas mais variadas posições. A lembrança me fez estremecer de desejo e sentir algo muito próximo de medo. O que eu sentia por ele era muito estranho. A necessidade que ele despertava em mim era incontrolável. Não sabia explicar o que era exatamente. Mas com certeza era mais que amizade. Passamos desse ponto em algum momento no caminho até a cama. Balançando a cabeça para afastar os pensamentos impróprios, fechei o chuveiro depois de me esfregar e conseguir tirar a tinta do corpo e o cheiro de tíner das mãos. Me sequei com uma toalha felpuda e fui para o quarto. Em frente ao espelho, observei minha cintura fina, pensando que seria bom fazer uma tatuagem na costela direita.

Vesti uma calcinha de algodão e um sutiã combinando. Em seguida, peguei um short jeans desbotado e uma camiseta do Led Zeppelin. Dei mais uma olhada no espelho, meus cabelos molhados, o rosto limpo, sem maquiagem, mas corado do banho quente. A pele clara, destacando as tatuagens coloridas. Descalça. A imagem de uma mulher simples me fez pensar em Rafa, sempre arrumado, muitas vezes com terno sob medida, os cabelos bem cortados e a barba bem-feita. Era incrível como éramos diferentes, mas nos encaixávamos tão bem. Ao mesmo tempo, a imagem da bela mulher que o acompanhava na noite anterior me veio à mente; ela combinava perfeitamente com ele. Bonita. Sexy. Corpo de modelo, alta, magra... Eu não era nada daquilo. Era apenas uma mulher... diferente, em comparação com a maioria: baixa estatura, corpo curvilíneo, seios pequenos e toda aquela arte no corpo. Não o tipo de mulher que um cara bem-sucedido iria querer ao seu lado.

Soltei um suspiro e decidi afastar os pensamentos depreciativos. Eles não me levariam a lugar algum. Saí da frente do espelho, peguei o maço de cigarros e segui para a casa da Clara.

Bati à porta e fui entrando, já estávamos íntimas a esse ponto. Tínhamos total liberdade para ir e vir da casa uma da outra. O cheiro da pizza recém-assada me envolveu e abri um sorriso feliz.

— Chegou na hora certa! Acabei de tirar do forno — ela disse, assim que entrei na cozinha. Então colocou a pizza na bancada e pegou pratos, talheres e copos.

Clara era uma pessoa admirável. Daquele tipo de mulher que nasceu para ser mãe e cuidar das pessoas. O Bruninho estava sempre limpo, cheiroso, arrumado, fazia diversas atividades; a mãe cuidava dele, da casa e ainda fazia uma comida deliciosa. Quando tinha tempo, ela também dava um jeito de cuidar de mim.

— O cheiro está ótimo — eu sorri, e me sentei em frente à bancada. Clara fez o mesmo.

Começamos a nos servir e comer quando ela perguntou:

— Não vai me contar?

— Hum? — Olhei para ela, sem entender.

— O que foi aquilo ontem, Malu? Você saiu da festa sem nem me avisar.

— Ah, meu Deus! — Coloquei a mão na boca, constrangida. Eu tinha me esquecido completamente da Clara! — Desculpa, Clarinha. — Baixei a cabeça e senti seu olhar em mim.

— Quer conversar sobre isso?

— Não sei... — Dei uma garfada na pizza de pepperoni. — Não sei o que dizer.

— Vamos começar do começo. Eu vi você dançando com um rapaz. Estava tão alegre, achei até que ficaria com ele ontem...

— Eu sei. — Soltei um suspiro. — Também achei que isso iria acontecer.

— Quem era ele?

— Gabriel. Engenheiro, mora aqui perto. Dança bem, divertido, me fez rir. — Sorri para ela.

— E aí...

— Aí, o Rafa apareceu. Pediu para dançar comigo, e fui seduzida pelo cheiro dele, pelo toque, pelas palavras. Sei lá, Clara, perdi a razão. Tudo que eu conseguia ver era ele me provocando, fazendo com que eu me sentisse desejada.

Soltei um longo suspiro, jogando o garfo no prato e colocando as mãos na testa.

— Já parou para se perguntar o que sente por ele? — Clara perguntou, e levantei a cabeça rapidamente.

— Amizade — respondi, antes que ela tivesse tempo de piscar.

— É mais que isso, Malu.

— Tesão — rebati, e ela riu.

— Amiga, acho que você está se apaixonando — ela disse, e fiz uma careta.

— Não... — Olhei para ela novamente. — Não mesmo.

— Malu, vocês não se desgrudam. Você não sai com outro cara, só transa com ele. Vocês vivem um ao redor do outro, como se fossem dois satélites ao redor da Terra. Ontem, abriu mão de estar com um cara diferente, que parecia estar a fim de você. Bastou um toque dele para você abandonar tudo, perder a razão e ir para a cama com ele. Vai por mim. Você está apaixonada.

Eu tinha certeza de que meu rosto refletiu todo o terror que eu estava sentindo. Meu corpo estremeceu, em pânico, só de pensar que aquilo poderia realmente estar acontecendo. Respirei fundo algumas vezes e voltei a falar quando me senti um pouquinho mais controlada.

— Impossível. Essa merda de amor não existe.

— Existe, sim — ela falou, tranquila, sem alterar o tom de voz. — Falo por experiência própria. Amei muito o pai do meu filho. É o sentimento mais belo e poderoso que alguém pode sentir.

— Mas é diferente...

— Como diferente, Malu? — ela me cortou. — Amor é amor, não tem diferença. E acho muito natural. Vocês são melhores amigos. Volta e meia, pulam na cama um do outro.

— Só na minha — eu a interrompi, mas ela ignorou.

— Não conseguem ficar longe, quase soltam faísca. Ele te trata como se fosse uma pedra preciosa, e você o trata como se ele fosse um rei. Vocês se amam, isso é nítido. Talvez, no início, fosse amor de amigo. Mas agora? Com o sexo na equação? Esquece.

Arregalei os olhos, chocada com o que ela estava falando. Não, não, não! Isso não podia estar acontecendo.

— Para, Clara. Não tem nada disso de amor. Quer saber? Vou dar um tempo com o Rafa. Isso! Vou deixá-lo mais livre para sair com outras garotas e vou voltar para a night, conhecer outros caras. Isso mesmo. Essa coisa de amor é delírio da sua cabeça. — Dei outra mordida na pizza. — Está decidido. No fim de semana, vamos sair.

— Vamos? — ela perguntou, assustada.

— Claro. Foi você que inventou esse papo brega de amor e paixão. Agora vai ter que me acompanhar, já que não posso levar o Rafa comigo, por motivos óbvios.

Clara deu uma risada e voltou a comer pizza.

— Tá bom, amiga. Mas olha, pensa bem: não adianta fugir do amor. Você pode varrer o sentimento para baixo do tapete, fazer de conta que não é com você, parar de ir para a cama com ele por um tempo, na tentativa de se afastar. Mas uma hora — ela segurou minha mão sobre a bancada — o amor pega a gente de jeito e não dá para resistir.

Fiquei parada olhando para ela, tentando entender como tinha me metido naquela bagunça emocional. Abri e fechei a boca algumas vezes, sem saber o que dizer quando ela me salvou daquele momento estranho.

— Bom, vamos comer nossa pizza antes que esfrie.

Ficamos em silêncio por algum tempo, quando, então, uma lembrança me veio à cabeça.

— Ei, como você voltou para casa? O Léo te trouxe?

— Hum, não. — Ela ficou corada e pareceu culpada. — Vim de táxi. Por que ele me traria?

— Porque ele estava interessado! — falei, rindo, e ela ficou mais corada.

— Que ideia, Malu!

— Não sei por que a surpresa. É óbvio que o Léo ficou a fim de você.

— Imagina, Malu. Um cara como ele não está em busca de alguém com a minha bagagem.

— Pelo menos ele te ajudaria a esquecer... — Deixei as palavras morrerem. Clara realmente tinha muita bagagem. Um passado difícil e doloroso com o falecido marido, além de uma história mal resolvida com um homem que eu não conhecia, mas que ela nunca quis me contar detalhes a respeito. Tudo o que eu sabia sobre isso era que ele havia mexido demais com ela.

— Não estou pronta para me envolver com ninguém. Ainda mais um carinha que vai sair comigo uma vez e pular fora. Não, melhor deixar as coisas como estão.

— Ou, quem sabe, ele vai ser o príncipe encantado que vai te fazer feliz para sempre.

— Achei que você não acreditasse em felizes para sempre.

— E não acredito, mas você, sim. Logo, faz todo o sentido que você encontre alguém que te proporcione isso.

Ela sorriu e piscou para mim.

— Meu "felizes para sempre" está no Bruninho. E só.

— Aham. Continua repetindo isso. Pode ser que um dia você se convença — eu impliquei com ela, e nós duas caímos na gargalhada.

11

"Às vezes, estamos no meio de centenas de pessoas, e a solidão aperta nosso coração pela falta de uma só."
LUÍS FERNANDO VERISSIMO

MALU

Os meses passaram depressa. Deixamos para trás aquela noite de outono, a última em que eu e o Rafa cedemos à paixão. Com a promoção, ele ficou cada vez mais ocupado, com casos maiores para cuidar, e eu me fechei em casa, pintando diariamente para produzir material suficiente para minha nova exposição, agendada para o final do verão.

Ainda nos falávamos várias vezes por semana. Rafa sempre perguntava se eu estava comendo bem, cuidando da minha saúde e fumando menos, mas nos víamos pouco, evitando a eletricidade que nos envolvia a cada encontro. Não tocamos mais no assunto. Não colocamos em palavras o desejo que sentíamos um pelo outro, nem mesmo expressamos como aquela noite havia mudado nossos sentimentos. Parecia que tínhamos feito um acordo tácito de não falar a esse respeito. Varremos para debaixo do tapete toda aquela química enlouquecedora e encobrimos o turbilhão de sentimentos que aquela noite despertou. Eu achava, ou melhor, eu tinha certeza de que era o certo a ser feito. Evitar sentimentos confusos e não colocar em risco a melhor amizade de todos os tempos.

Clara era a minha principal companhia, ela e o Bruninho, que crescia a olhos vistos. Eu era a cobaia para os experimentos culinários, geralmente as comidas mais maravilhosas do mundo.

Uma noite, ela me contou mais sobre o tal envolvimento que tivera no passado, dizendo que haviam se reencontrado. Disse que fora uma paixão avassaladora, mas que acabara decepcionando-o. Nessa conversa, ela me disse que ele havia insistido para que voltassem a se ver e, desde então, ela sumia todas as quintas à noite. Deixava Bruninho na casa dos avós dele e saía sem dizer para onde. Dizia, brincando, que era o momento dela, sua folga semanal do "trabalho" de mãe, mas não dava detalhes. Eu morria de curiosidade para conhecer o tal homem e ameaçava segui-la, mas ela respondia que eu fumava demais e que não tinha pulmão para acompanhá-la — e eu era obrigada a concordar.

Estávamos na primavera e, incrivelmente, acordei ao nascer do sol, mesmo tendo ido dormir tarde, como sempre. Nunca fui uma pessoa matinal. Sempre amei a noite, a escuridão, o silêncio. Adorava sair à noite, ver as estrelas, a lua, sentir a brisa fria envolver meu corpo e desvendar os mistérios. Mas estava ansiosa naquele dia. Tinha decidido fazer mais uma tatuagem, depois de meses criando coragem para suportar a dor que eu sabia que sentiria quando a agulha perfurasse a delicada pele da costela, mas eu estava decidida.

Tomei um banho, lavei os cabelos, que tinham crescido e reluziam com mechas avermelhadas quase na altura dos ombros.

Vesti uma calça jeans de cintura baixa, uma camiseta vermelha e um tênis confortável. Fiz minha maquiagem habitual e saí de casa em busca de um café quente, rumo ao estúdio.

Parei numa cafeteria a poucas quadras de casa, comprei um expresso duplo que me manteria acordada e um donut de creme. Fui caminhando pelas ruas do bairro, sentindo o frescor da manhã e o sol fraco tocar meu corpo.

O estúdio do Pedro ficava no meu bairro, mas não era tão perto de casa. Eu continuava sem saber dirigir, e o Rafa me criticara por isso em uma de nossas últimas ligações. Dissera que era um absurdo eu não querer aprender, que ficaria de mãos atadas em caso de emergência, dependendo de táxi ou da boa vontade dos outros. Eu sabia que ele estava certo, mas sempre tive verdadeiro pavor de dirigir. Tinha tentado, dois anos antes, fazer autoescola, mas logo na primeira aula prática fiquei tremendo, com as mãos suando, e tudo girava ao meu redor. Era tanto pânico que não consegui percorrer duzentos metros. Nem carona eu pegava com qualquer um. Táxi, só se estivesse acompanhada por alguém de confiança, e só entrava no carro do Rafa, do Beto — aquele meu ex-vizinho que me levava para a faculdade quando éramos mais novos — e da Clara, que dirigia muito bem. Fora isso, ia andando mesmo. Evitava ir para longe de casa. Esse trauma só piorou depois daquela última visita aos meus pais. Nunca me esqueceria da viagem de volta. Meu rosto marcado, a humilhação na bagagem e um motorista apressado para chegar ao ponto final, o que me fez parar de andar de ônibus, tudo isso me vinha à mente sempre que eu precisava sair.

Cerca de quinze minutos depois, cheguei ao estúdio, e Pedro me recebeu com um grande sorriso.

— Oi, *Malinda* — ele falou, brincando, e eu sorri.

— Oi, meu amor. Tudo bem? — Nos abraçamos, e ele acariciou meus cabelos.

Pedro tinha uns trinta e poucos anos. Todo tatuado, com um alargador em cada orelha e um moicano loiro. Era magro e definido, e estava de calça jeans desbotada e rasgada no joelho, com uma camiseta branca. Sim, ele era sexy, com uma covinha no lado direito do rosto que aparecia toda vez que sorria. Era um excelente profissional.

— Está certa do que quer fazer? — ele perguntou, passando a mão nos cabelos bagunçados.

— Estou. — Sorri, estendendo um papel para ele, com a frase que eu queria tatuar.

Ele assentiu e me indicou o caminho para sua sala. Antes de sair, cumprimentei a recepcionista, Tetê, que sorriu para mim.

Ele me levou para o lugar onde eu devia me acomodar e preparou o material.

— Malu, o que você acha de fazer na altura da cintura? Acho que vai doer um pouco menos do que na costela e vai ficar lindo do mesmo jeito. — Pedro me mostrou um álbum de fotos. — Dá uma olhada nessa aqui. — Ele apontou a foto de uma mulher com uma frase escrita na cintura, a caligrafia bem fina.

— Está lindo — comentei, pensando a respeito.

Pedro tinha feito todas as minhas tatuagens, e eu confiava nele de olhos fechados.

— A sua também vai ficar. Você tem um corpo curvilíneo, vai ficar bem aqui, na curva da cintura, pouco acima do quadril. — Ele colocou a mão um pouco acima do cós da minha calça.

— Tudo bem, vamos lá. — Sorri para ele, que começou a trabalhar.

Apesar de todo o seu cuidado, tatuagens nessa região doem. Doem muito. E eu, que nunca fui muito resistente à dor, sofri a cada agulhada. Senti as lágrimas caindo enquanto ele trabalhava. Mais ou menos meia hora depois, meu sofrimento terminou.

— Pronto, Malu — ele disse, limpando a área. — Ficou muito legal. Vem ver. — Ele me ajudou a levantar e me levou até um grande espelho preso à parede.

Então, vi a bela caligrafia de Pedro, eternizando o provérbio japonês que norteava minha vida: "Caia sete vezes, levante-se oito".

Sorri para o resultado. Tinha ficado ainda mais linda do que eu esperava.

— Ah, Pedro! Está maravilhosa! — Ele assentiu, sorrindo.

— Costumo dizer que esse tipo de tatuagem é a dos corajosos. Dói mais, nem todo mundo tem coragem de fazer.

Vi meu rosto no espelho, estava vermelho do choro, mas eu sorri.

— Obrigada por mais um trabalho tão perfeito.

Pedro me levou de volta até a cadeira, cobriu cuidadosamente a tatuagem com o plástico-filme e me deu as orientações de praxe. Após pagar, saí do estúdio satisfeita com o resultado e fui para casa, pensando em fazer uma tela inspirada em minha nova tatuagem. Perdida em pensamentos, quase fui derrubada por um homem que andava apressado, tão distraído quanto eu.

— Você está bem? — ele perguntou, comigo nos braços. Quando olhei para ele, vi que era o Gabriel, o rapaz da festa.

— Malu?

— Gabriel? — Fiquei surpresa, mas, ao mesmo tempo, constrangida por tê-lo deixado naquele dia sem me despedir.

— Você se machucou? Está chorando? — Ele acariciou meu rosto com o polegar, parecendo preocupado.

— Ah, não. É que acabei de fazer uma tatuagem. Doeu um pouquinho. — Ele estava ainda mais atraente do que naquela noite, tinha um sorriso largo no rosto. — Mentira, doeu muito — consertei, rindo com ele.

— Fez outra? Quero ver.

— Agora? — perguntei, surpresa.

Ele olhou ao redor e, então, voltou-se para mim.

— Escuta, o que acha de tomarmos um café ali? — Ele apontou para um bistrô. — Você me mostra sua tatuagem e conversamos um pouco, quem sabe você me conta o motivo de ter me dado um perdido naquela noite. — Ele sorriu e senti meu rosto corar.

Sem coragem para negar o pedido, aceitei e fomos para uma mesa perto da porta. Olhei para o vidro da janela e vi meu reflexo. Meu rosto continuava vermelho pelas lágrimas e minha cabeça doía. Droga.

— Estou parecendo uma rena — reclamei, e ele riu.

— Você está linda. Sua pele é muito clara, entrega quando você chora.

— Pois é. Isso não é muito bom numa situação como essas, né? — Ele sorriu. — Escuta, preciso me desculpar. Na verdade, não tenho justificativa para minha falta de educação naquela noite.

— Você ainda está com ele? — ele perguntou, sério.

— O quê? Não. Não somos namorados. Somos só amigos...

— Amigos? — ele perguntou, erguendo uma sobrancelha. — Desculpa, Malu, mas amigos não têm aquela química. Senti as faíscas voarem quando vocês dançaram juntos.

— Estou falando sério! — Mal tinha começado a responder quando vi uma sombra pairar sobre mim. Olhei para cima e vi o Rafa, me olhando, preocupado.

— Malu? Está tudo bem? Você está chorando? — ele perguntou, ansioso, passando o polegar na minha bochecha.

Nessa hora me perdi nos seus olhos acinzentados, que pareciam ainda mais escuros com a preocupação. Fazia meses que não o via pessoalmente, que não encarava aqueles olhos, nem mesmo sentia o toque da sua pele. Mas, apesar do que tinha dito para o Gabriel, eu tinha que admitir. Estava ali, no ar, palpável. As faíscas, a chama, o fogo. Tudo se apagava ao nosso redor quando estávamos juntos, e isso era muito, mas muito perigoso.

— Oi, Rafa. — Sorri, e levantei para abraçá-lo.

Ah, droga! Por que tinha feito aquilo? Sentir seu corpo de encontro ao meu trouxe de volta todas as lembranças daquela noite. Da última noite.

Senti o seu calor me envolver e um tremor atravessar nossos corpos. Não sei se vinha de mim, dele, ou de nós dois. A descarga elétrica fez com que nos afastássemos, assustados. Balancei a cabeça, tentando clarear meus pensamentos.

— Não estou chorando. Bom, não mais. Vim do estúdio do Pedro.

— Fez outra tatuagem? — Ele abriu um grande sorriso.

— Sim — comecei a responder quando me dei conta de que Gabriel estava sentado à mesa, acompanhando nossa conversa. — Ah! Deixa eu te apresentar. Esse aqui é o Gabriel. Gabriel, esse é o Rafa.

Eles se olharam como dois adversários num ringue de luta. Rafa o olhou de cima a baixo, como se estivesse procurando pontos fracos. Gabriel retribuiu o olhar com um sorriso debochado, como se soubesse algum segredo que mais ninguém sabia. Alguns segundos constrangedores se passaram e, então, Gabriel estendeu a mão para cumprimentar Rafa, que o olhou desconfiado, mas acabou correspondendo ao gesto, para meu alívio. *O que estava acontecendo aqui?*

— Malu, preciso ir. Parei para comprar um café, mas preciso voltar para o escritório. Passo essa semana na sua casa para ver a tatuagem nova, tudo bem?

— Claro. — Sorri, ainda um pouco confusa. — Passa lá.

Ele beijou meus lábios suavemente, como sempre fazíamos. Mas naquele dia, o beijo pareceu diferente. Não era um cumprimento de amigos que se viam depois de muito tempo. Era uma declaração de posse. Uma demarcação de território, com sua mão segurando meu rosto, os dedos por entre os cabelos. O toque dos nossos lábios durou alguns segundos mais do que o tempo que seria considerado adequado para um cumprimento de amigos. Ele se afastou, ainda segurando meu rosto, olhou em meus olhos, acariciou minha bochecha e se afastou. Deu tchau para o Gabriel e foi direto para o balcão comprar o café. Sentei à mesa novamente, me sentindo atordoada.

— Tem certeza de que vocês são apenas amigos? — Gabriel perguntou com um sorriso malicioso, tirando-me dos meus pensamentos confusos.

— Claro que sim — respondi, depressa.

— Você quer se enganar, tudo bem. Mas entre vocês é muito mais que amizade. Ele me deu um aviso muito claro quando me cumprimentou. Dois homens não precisam falar nada quando se trata de delimitar território. Ele demonstrou claramente para mim que você é dele. Ainda que vocês dois não aceitem isso.

Parei por alguns segundos, olhando para o Gabriel, até que deitei a cabeça na mesa.

— Ah, droga!

— Qual o impedimento, Malu? Você é solteira e, aparentemente, ele também.

— Não quero isso. Não quero me relacionar com ninguém dessa forma. — Levantei a cabeça e olhei nos olhos dele. — Não acredito em relacionamentos, Gabriel. Nem em amor, final feliz ou qualquer dessas idiotices românticas. Não quero me envolver numa situação patética em que um dos dois será machucado.

— Não precisa ser assim...

— Não conheço nenhum relacionamento que tenha "dado certo". Nunca vi finais felizes. As pessoas se relacionam, mentem, traem, machucam. Quando não fazem isso, um dos dois morre. Não quero nada disso para mim.

— Já parou para pensar que está sofrendo da mesma forma? Você está fugindo dos sentimentos, mas se privar de um relacionamento e das coisas boas que vêm com ele não é garantia de felicidade, Malu. Só de solidão. E viver só é muito triste.

Olhei para ele e senti suas palavras tocarem bem no fundo da minha alma, intensificando ainda mais a minha melancolia. Pensei nas pessoas ao meu redor. Não tinha família, eram poucos os amigos de verdade e, ainda assim, eu fazia o possível para manter uma distância segura, com medo de baixar a guarda e me magoar. Sentia-me ainda mais sozinha, e essa constatação me deu uma dor no peito, me fazendo ansiar por algo que nem eu mesma sabia que faltava na minha vida: amor.

Respirei fundo, juntando meu coração partido em mil pedaços, e sorri. Fiz o que pude para parecer bem, apesar da forte dor de cabeça que sentia, mas, no fundo, sabia que meu sorriso demonstrava toda aquela tristeza.

— Vou pensar sobre isso, ok? — disse, com um suspiro. Ele piscou para mim e sorriu.

Uma garçonete se aproximou e anotou nossos pedidos. Enquanto Gabriel escolhia, passei os olhos pelo salão e vi Rafa pagando o café e conversando com a moça do caixa. Nossos olhares se cruzaram. Então, ele pegou o café, sorriu para mim e saiu. Poucos segundos depois, a moça do caixa foi correndo atrás dele com dinheiro na mão e meu olhar se voltou para meu mais novo amigo.

RAFA

Peguei meu café e saí dali com um aperto no peito. Fazia meses que eu não via a Malu, apenas nos falávamos por telefone. Eu não tinha ideia de que sentia tanta saudade dela, mas vê-la ali, com aquele cara, foi como um banho de água fria. Sabia que não tínhamos nada, eu nem queria um relacionamento, mas vê-la com outra pessoa, pensar que ela poderia ter algum tipo de intimidade com ele, isso me fazia mal.

Depois que deixei o bistrô com o copo na mão, segui para o trabalho. Tinha saído de uma audiência longa e chata, e pensei que um café me animaria. Doce engano. Dei um gole na bebida quente, me sentindo um pouco atordoado. Bem que o Léo falou que essa merda não daria certo. Mal tinha dado três passos, ouvi uma voz atrás de mim.

— Senhor! Senhor, seu troco!

Uma moça veio correndo com dinheiro na mão. Ela era loira, cabelos muito claros, mas não pareciam artificiais. Sua pele era clara, os olhos esverdeados e as sardas no rosto lhe conferiam um ar encantador. Ela não era o tipo de mulher que eu costumava ver por aí, muito pelo contrário.

— Não precisava se incomodar. — Sorri para ela, encantado com sua beleza. Não consegui deixar de compará-la com a Malu, que era tão exuberante, com seus cabelos coloridos e as tatuagens. — Poderia ter deixado de gorjeta.

— Imagina! Seria a maior gorjeta da história dos cafés! — Ela sorriu, e seu rosto se iluminou. — Você me deu uma nota de cinquenta, e a conta deu só cinco reais. — Ela me deu o dinheiro, e eu o peguei, tocando seus dedos.

Seu rosto corou, e eu me senti encantado por sua simplicidade.

— Vou aceitar o dinheiro de volta, mas com uma condição — disse, e sua cabeça se inclinou com curiosidade. — Que você aceite sair para jantar comigo.

Ela arregalou os olhos e ficou ainda mais corada. Ri com seu jeito delicado, pensando que talvez fosse daquilo mesmo que eu precisava. Uma lufada de frescor para aliviar toda a pressão que eu vinha sentindo.

— Jantar? — ela perguntou, pega de desprevenida.

Até eu fiquei surpreso com meu convite, já que não costumava convidar mulheres desconhecidas para sair. Mas ela havia chamado a minha atenção e, depois daquele turbilhão de sentimentos inesperados com a Malu, eu precisava de uma distração.

— Sim, jantar. Hoje à noite.

— Mas... mas... eu nem sei seu nome!

Sorri e tirei um cartão do bolso.

— Rafael Monteiro. — Estendi a mão para apertar a dela. — Mas pode me chamar de Rafa.

— Rafa? — Ela olhou do cartão para mim, uma linha de preocupação aparecendo em sua testa.

— Sim. E você é a...?

— Lizzie. Elizabeth.

— Lizzie. Que graça! — Ela arregalou os olhos, me fazendo sentir como o Lobo Mau de olho na Chapeuzinho Vermelho. — Olha, Lizzie, preciso voltar para o escritório. Posso te pegar no bistrô, às oito?

— Hum... acho que prefiro encontrar com você no restaurante — ela falou baixinho, e eu concordei.

— Tudo bem. Gosta de comida italiana? — Ela fez que sim. — O que acha de irmos ao Mama Gemma? É aqui perto e não tem perigo de você ir andando sozinha.

Eu me aproximei um pouco mais, a brisa leve trazendo seu perfume floral suave. Ela era encantadora.

— Nos vemos mais tarde, Lizzie — falei, me afastando, com uma piscadinha.

Ela mal conseguiu me dar tchau. Sorri novamente e segui na direção do escritório, pensando que era o tipo de desafio que eu precisava para tirar a Malu da cabeça de vez.

Quando cheguei ao escritório, Léo estava me esperando em minha sala.

— E aí? Que cara boa é essa? — ele perguntou, rindo.

Contei sobre o encontro com a Malu no café, e depois a aparição da Lizzie e o convite para jantar. Léo ficou ali parado me olhando, sem falar nada. Quando acabei de contar, ele soltou:

— Sabe que está fazendo merda, né?

— O quê? Por quê?

— Qual é, Rafa!? Conversamos no outro dia sobre isso. Não sei qual é o seu problema nem o motivo de você não enxergar que gosta de verdade da Malu. Agora vai se envolver com uma "princesinha" que não tem nada a ver com você.

— Como você sabe que ela não tem a ver comigo?

— Porque você devora garotinhas como ela no café da manhã. — Dei uma gargalhada, pensando que ele tinha razão.

— Talvez eu precise mudar meu comportamento então.

— A questão é exatamente essa. A mocinha que saiu direto de um romance da Jane Austen é novidade, por isso você está tão interessado. Quando se der conta de quem realmente gosta, pode ser tarde demais — ele falou, me lembrando das coisas que eu sentia quando estava do lado da Malu.

— Eu não quero gostar, Léo, essa é a questão. Ela está me deixando confuso. Estou perdendo o controle dos meus sentimentos, dos meus pensamentos e do meu desejo. E é exatamente isso que eu não quero. Não quero sentir. Isso só traz sofrimento. Vi meus pais se odiarem a vida inteira, vivendo um casamento de mentiras. Os pais dela são exatamente iguais. O seu pai saiu de casa por causa de outra mulher... não conheço ninguém que tenha um relacionamento feliz. Não quero perder a Malu, ela é importante demais para mim e sei que, se eu der um passo à frente, vou acabar perdendo-a.

Léo me olhou, sério. Ficamos nos encarando por alguns segundos até que ele se levantou e deu uma batidinha no meu ombro.

— Espero, de verdade, que você supere isso. Todo mundo merece ser feliz, inclusive você e a Malu. De preferência, juntos. A mocinha vitoriana não é pra você, vai por mim.

Sorri para ele, mas não disse nada. Ele balançou a cabeça e saiu, me deixando perdido em pensamentos.

12

"Mais esperança nos meus passos do que tristeza nos meus ombros."
CORA CORALINA

MALU

O verão chegou, trazendo alegrias, expectativas e saudades. Alegrias pelas amizades que construí, expectativas com a exposição que se aproximava e saudades do Rafa, que eu não via fazia algum tempo.

Depois daquele encontro no bistrô, Gabriel virou figura fácil no meu apartamento. Clara, ele e eu nos tornamos amigos. Jantávamos, conversávamos e compartilhávamos confidências. No início foi complicado. Ele deixou muito claro que estava interessado em mim. Mas, pouco a pouco, foi entendendo, assim como eu, que, na verdade, eu gostava do Rafa. Não dava mais para esconder. Eu sabia que era algo que não teria futuro, que o Rafa não queria nada sério e que nossa história tinha sido suspensa depois daquela fatídica noite. Eu nem conseguia entender direito como tinha me permitido sentir algo tão profundo por alguém. Se fechasse os olhos, sua imagem me vinha à mente, com os cabelos revoltos, os olhos nublados e o sorriso franco. Sentia até seu perfume me envolver, se me esforçasse um pouco mais nas lembranças, mas tentava arduamente não fazer isso. Não pensar. Não sonhar. Era melhor assim. A chance de algo acontecer era mínima e de dar errado, enorme.

Boa parte das telas da exposição estava pronta. O tema era verão, e as telas estavam extremamente coloridas. Ouvi o som da campainha enquanto misturava algumas tintas. Com um suspiro, larguei o pincel sujo na bancada, peguei um trapo embebido em solvente para limpar as mãos e fui atender à porta. Ao abrir, o grande sorriso de Gabriel apareceu.

— Bom dia! — ele disse, estendendo um saco cheio de pães. Sorri e o convidei para entrar.

— Não acha que está cedo demais? — impliquei com ele, que seguiu para a cozinha.

— Hum, não mesmo. Já toquei na casa da Mama, ela está vindo para cá com o pequeno — ele disse, referindo-se à Clara e ao Bruninho.

Começamos a chamá-la assim porque ela era uma mãezona conosco. Ele mal havia colocado a água para ferver e eu ouvi Clara e Bruninho entrando. O menino veio correndo, e eu o agarrei antes de levantá-lo no colo.

— Tia, que cheiro ruim — ele disse, fazendo cara feia.

— É solvente. Vem, vou colocar isso aqui lá no ateliê. — Cumprimentei Clara e fui deixar o trapo com solvente no ateliê.

Depois, levei Bruninho para a sala, ouvindo sua mais nova teoria sobre algum super-herói. Então, Clara me deu um susto.

— Nossa, Malu! O que é isso? — Ela se aproximou, examinando meu braço. Troquei o Bruninho de lado para ver o que ela estava mostrando: uma grande mancha roxa. — Dói? — perguntou, apertando o ponto.

— Hum... não — respondi, e ela pareceu ficar tensa.

— Que estranho.

— O quê? É só um hematoma. Às vezes aparece.

— Tem aparecido muitos desses ultimamente? — ela perguntou, ainda preocupada.

— Acho que não. Não sei. Por quê?

— Sempre fico preocupada com manchas que aparecem do nada. Fica de olho, ok?

— Ok — respondi, e o Gabriel apareceu na porta da cozinha.

— Ladies, o café está quase pronto... — ele começou, mas parou ao ver nossa expressão. — Ei, o que houve?

— Estou com uma mancha roxa. — Estiquei o braço para ele, e Gabriel deu um beijo no local. Eu ri, e ele pegou Bruninho do meu colo.

— Acho que tem um leite especial para super-heróis na cozinha.

Bruninho vibrou, e eles saíram da sala, conversando sobre o assunto favorito do menino: super-heróis.

— Ele é um bom rapaz — Clara disse, e eu assenti.

— É mesmo.

— Vocês fariam um casal lindo. — Ela sorriu, e eu balancei a cabeça.

— Sim, se estivéssemos apaixonados. Você sabe... — ela falou junto comigo essa parte — que não quero um relacionamento. — Nós duas rimos, e ela me abraçou.

— Eu me preocupo com você.

— Eu sei.

— Não gosto de te ver pra baixo. Você merece ser feliz.

— Eu sei.

— O Rafa é um idiota.

— Eu sei, Mama — respondi, rindo.

— Tem falado com ele? — ela perguntou, passando a mão nos meus cabelos.

— Ele me ligou ontem. Está numa correria no trabalho por causa do Natal.

— Desde quando vocês não se veem? — ela perguntou, franzindo o rosto.

— Nos encontramos há uns quinze dias, quando ele me levou na galeria — contei, me lembrando da ocasião.

Rafa estava com cara de adulto, com seu terno azul-marinho e gravata cor de vinho, cabelos curtos. Fez questão de me acompanhar, contou sobre o trabalho, disse que estava num ritmo meio louco e me perguntou sobre a vida, se eu estava saindo. Respondi que andava pintando muito, e ele pareceu satisfeito.

— E?

— E nada. Ele me trouxe em casa depois da galeria. Conversamos um pouco e ele foi embora.

Ela suspirou.

— Homens. E, com nosso amiguinho aqui, tem certeza de que não rola nada? — Ela balançou a cabeça em direção à cozinha.

Dei uma risada.

— Certeza absoluta.

Fomos até eles. A mesa estava posta, o café, pronto, e nossos dois rapazes, sentados, conversando. Clara e eu nos acomodamos enquanto Gabriel nos serviu. Algumas risadas e muita conversa depois, ele perguntou sobre o que eu vinha tentando evitar havia algum tempo.

— Onde vocês vão passar o Natal?

Clara foi a primeira a responder.

— Devo ir para a casa dos meus pais. Eles fazem uma grande festa todo ano para as crianças.

— Tem visita do Papai Noel — Bruninho acrescentou, e nós rimos.

— E você? — Clara perguntou a Gabriel.

— Devo ir para a casa dos meus pais também. E você, Malu?

— Hum?

— Vai fazer o que no Natal?

— Pintar? — respondi com uma pergunta, e eles fizeram uma careta. — Que foi? É um dia como outro qualquer!

— Não é, não. O que você costuma fazer no Natal?

— Ah... — suspirei. — Geralmente passo com o Rafa, Léo e os meninos. Esse ano ainda não sei. Não falei com eles.

— Você podia ir comigo — Clara ofereceu.

— Ou comigo — Gabriel disse, e eu fiz que não.

— Não, gente. Obrigada. Quando chegar mais perto, vou ligar para o Rafa e perguntar o que eles vão fazer.

Os dois me olharam, mas eu me levantei da mesa, encerrando o assunto.

— Gente, preciso trabalhar. Deixem as coisas na pia que eu lavo depois.

— O serviço do meu bufê é completo, madame — Gabriel falou, num tom pomposo, e eu comecei a rir.

— Tá bom. Vocês não ficam aborrecidos comigo não, né?

— Claro que não. Vai trabalhar que ainda faltam... quantos quadros?

— Dez.

— Dez quadros para você terminar. — Clara me empurrou para fora da cozinha, rindo.

Adorava a presença deles, mas não estava preparada para lidar com a cobrança e a pressão do Natal. Sempre detestei essa data e, por mim, passaria a noite em casa, no escuro, bebendo uísque e fumando, na melhor companhia do mundo, que era o silêncio.

13

"Passei minha vida tentando corrigir os erros que cometi, na ânsia de acertar. Ao tentar corrigir um erro, cometia outro. Sou uma culpada inocente."
CLARICE LISPECTOR

RAFA

Eu estava havia quase meia hora virado para a enorme janela do meu escritório. A bela vista da cidade se abria logo abaixo de mim, emoldurada pelo dia ensolarado. Desde a noite anterior, eu vinha me sentindo angustiado, mas não sabia direito o porquê. Obviamente, esse tipo de sentimento me fez lembrar da Malu. Senti uma saudade insana dela, mas fiz o meu melhor para conter essa sensação borbulhante dentro de mim. Que merda. Estava falando igual uma menininha.

Uma batida à porta interrompeu meus pensamentos.

— Entra.

Léo enfiou a cabeça para dentro da sala.

— Oi. Posso entrar?

— Claro, cara. Senta aí. — Afastei a cadeira da janela e me virei para ele, que parecia preocupado. — O que houve?

— Você já decidiu o que vai fazer no Natal?

— Não, por quê?

— Porque já está chegando. Você está saindo com a *milady*. — Fiz uma careta para o apelido que ele tinha arrumado para Lizzie. — Mas todo ano a Malu passa com a gente.

Droga. E agora? Suspiro.

— Putz, cara... Não é uma boa juntar as duas.

— E você vai fazer o quê? Deixar a Malu sozinha em casa?

— Não, de jeito nenhum. Acho que vou levar a Malu na festa, como sempre.

— Até que enfim, uma atitude sensata. Cara, a miss inocência não tem nada a ver com você, não sei o que ainda está fazendo com ela.

— Não fala assim.

— Já comeu?

— Porra, Léo.

— Tá vendo? Quando é que você enrolaria pra comer uma gostosa? Esse não é seu estado normal.

Respirei fundo, pensando que o que eu andava sentindo pela Malu realmente não era normal. Fechei os olhos, e a imagem daquele sorriso insolente apareceu, as flores coloridas no ombro e o perfume. Merda! Eu deveria pensar na Lizzie ao fechar os olhos, não na Malu.

— A Lizzie é diferente...

— Não, cara. Por algum motivo, você está tentando esconder algo que está pintado em letras vermelhas na sua testa. Anda, liga logo pra ela e convida para a festa. — Léo recostou-se na cadeira, cruzou os braços e ficou esperando.

— Vou mandar uma mensagem — falei, pegando o telefone.

— Covarde — ele soltou, levantando-se e saindo do escritório. — Mas não deixa de convidar, se vira, mas ela tem que ir.

114

— Sim, senhor.

— E despacha a *milady*. Nem comeu e fica aí de mimimi.

Não consegui segurar o riso enquanto ele saía da sala.

Peguei o celular e digitei:

> *O Natal está chegando. Estou ansioso para ver você naquele vestido vermelho deslumbrante de novo.*

Poucos segundos depois, ela respondeu:

Quem disse que eu vou usar um vestido vermelho no Natal?

Ela sempre conseguia arrancar um sorriso do meu rosto.

> *Humm... e o que você vai usar, então? Temos uma festa para ir e quero ter a certeza de que todos os homens presentes sentirão inveja de mim.*

Ah, droga! Estava flertando com ela!

E eu achando que fosse irresistível usando qualquer coisa. :/

Alguém precisava me segurar!

> *Você é irresistível. Principalmente quando não está usando nada, ou melhor, apenas as suas tatuagens. ;)*

Fiquei de pé, tirei o paletó e o pendurei nas costas da cadeira. Afrouxei o nó da gravata, sentindo um aperto no peito, e respirei fundo.

Por falar nisso, você ainda não viu a última que fiz.

É só ir com algum vestido que deixe à mostra.

Impossível. Privada demais para isso :)

:O Acho que vou precisar visitar você. Com urgência.

Tentei lembrar um motivo para não flertar com ela, mas minha mente estava vazia. A única coisa em que eu conseguia pensar era na maciez de sua pele, o jeito como ela se movia contra o meu corpo e o som da sua voz gemendo meu nome.

Você sabe que é sempre bem-vindo aqui.
Seja para me ver, beber comigo, ver meus quadros ou...

Ou...?

Ou para matar a saudade das minhas tatuagens.
Você me pega no dia 24?

Sim. Às seis, ok?

Ok. Pode deixar, vou escolher um vestido que deixe
os outros com inveja e..

E...?

E... que tire o seu fôlego. Beijos, meu bem.
Estou com saudades.

14

"A esperança tem asas. Faz a alma voar.
Canta a melodia, mesmo sem saber a letra
E nunca desiste. Nunca."
EMILY DICKINSON

M A L U

Na véspera de Natal, o dia amanheceu ensolarado. Durante a semana, Clara tinha ido comigo procurar um belo vestido para a festa e ficou de me ajudar na arrumação antes de sair.

Eu estava mais ansiosa que o normal. Já tinha fumado meio maço de cigarro e ainda não era nem meio-dia. Meu coração estava acelerado, palpitante. Além disso, estava me sentindo muito cansada. Acho que tinha exagerado no trabalho durante a semana. Faltava muito pouco para finalizar as obras da exposição, mas, assim como Hellen, eu estava muito satisfeita com o resultado.

Resolvi deitar por uma meia horinha para descansar antes de almoçar e me arrumar para a festa. Já tinha feito a unha no salão; uma preocupação a menos. Deitei na cama macia, sobre um mar de travesseiros. Então me cobri com um lençol e rapidamente mergulhei num sono profundo.

— Malu, acorda. — Ouvi uma voz ao longe e senti um toque quente e macio me sacudindo.

Pisquei, tentando me situar, quando vi Clara em cima de mim.

— Ai, desculpa. Peguei no sono pesado. — Abri a boca num bocejo, e ela me olhou, preocupada.

— Está tudo bem?

— Acho que sim. Me bateu um cansaço, então resolvi tirar um cochilo.

— Está mais para um coma profundo. Já são três e meia.

Dei um pulo.

— Meu Deus! Estou atrasada.

Clara continuava desconfiada.

— Está tudo bem, Clarinha. Só estava cansada. Trabalhei muito essa semana.

— Fico preocupada, Malu. Tenho achado você abatida.

— Estou bem. Fica tranquila, Mama. Vou tomar um banho, tá?

— Tudo bem. Enquanto isso, vou pegar algo lá em casa para você comer. O que acha de lasanha? Fiz hoje no almoço.

— Perfeito! A sua lasanha é a melhor do mundo — respondi, já no banheiro, tirando a roupa e entrando no box.

Deixei a água morna cair na minha cabeça e nas costas, e relaxei. Lavei os cabelos e esfreguei o corpo, sentindo um frio na barriga e pensando no que ele acharia do meu vestido. Ai, droga, eu iria me ferrar muito, mas muito. Já estava criando expectativa.

Saí do chuveiro e me enrolei na toalha felpuda. Enxuguei o corpo e segui para o quarto. Logo após desembaraçar os cabelos, fui até a cozinha, sentindo o cheiro maravilhoso da lasanha antes de entrar.

— Está com uma cara ótima. — Ela sorriu, orgulhosa, e apontou a cadeira.

— Anda, senta logo aí para comer que vou preparar as coisas lá dentro.

Ela saiu da cozinha assim que dei a primeira mordida. Com um sorriso no rosto, pensei que eu era uma pessoa de sorte por ter a Clara na minha vida. Ela cuidava de mim como a mãe que eu não tive: sempre preocupada com meu bem-estar, minha saúde, sempre perguntando se estava fumando menos, me dando comida e palavras de conforto. Já pelo Gabriel, eu sentia um carinho de irmão. Ele era um cara bom, sincero, carinhoso. Sabia que, lá no fundo, ele tinha esperança de que ficássemos juntos, mas sempre deixei claro que éramos só amigos.

Tentei não pensar no Rafa e no que ele representava para mim, principalmente levando em consideração que passaríamos aquela noite juntos. Dei a última garfada na lasanha, levantei da cadeira e lavei a louça depressa.

Saí da cozinha e voltei para o quarto, onde Clara arrumava minha maquiagem sobre a penteadeira do meu quarto.

— Acabou? Ótimo. Vai escovar os dentes e vestir a lingerie nova. Vou começar a maquiagem.

Na mesma hora, fiz o que ela mandou. O belíssimo conjunto de renda que tínhamos comprado no dia anterior era quase da cor do vestido. Vesti o sutiã tomara que caia e a calcinha rendada. As peças abraçavam meu corpo, e eu me senti linda. Peguei um robe de cetim e coloquei por cima das peças íntimas antes de sair do banheiro.

Clara apontou a cadeira em frente ao espelho assim que me viu. Eu me sentei e ela começou a trabalhar no seu milagre. Nos meus cabelos, ainda úmidos, ela fez uma escova — Mark, meu cabeleireiro, tinha aparado minhas pontas no salão e sugeriu que eu voltasse à cor original, castanho bem escuro, quase preto, para dar um ar mais natural. Sugeriu também que fizéssemos um penteado solto, com ondas largas. Depois que meu cabelo ficou todo seco, Clara pegou o baby liss e, com toda a paciência, começou a fazer os cachos, mecha por mecha. Ficamos em silêncio, já que ela estava bastante concentrada. Uns quarenta minutos depois, eu estava com as mechas enroladas e presas.

— Vamos maquiar antes de você vestir a roupa.

— Tudo bem.

— Vamos fazer algo diferente, ok? Olho um pouco menos marcado, e boca mais clean.

— Se você acha que vai ficar bom...

— Meu amor, vai ser só o Rafa colocar os olhos em você para ficar desnorteado.

Estava prestes a responder que éramos só amigos, mas eu tinha de admitir para mim mesma que seria bom se ele realmente prestasse atenção em mim e fosse nocauteado pela minha beleza.

Enquanto fazia a maquiagem, Clara contou que o Bruninho tinha ido para a casa dos avós mais cedo, para que ela pudesse me ajudar. No Réveillon estaríamos juntos, inclusive com Gabriel.

— Pronto, amiga. Agora o vestido. Quero que você veja a produção completa.

Eu me levantei, pegando o vestido pendurado na porta do armário.

Não era uma roupa que eu normalmente usaria, mas depois da nossa troca de mensagens, achei que estava na hora de mostrar ao Rafa um lado diferente meu. Mais suave, delicado.

O vestido era lindo. Tomara que caia de veludo preto com um decote acentuado e que valorizava meu busto. Tinha uma faixa bordada com pedras prateadas logo abaixo dos seios, marcando a cintura alta. O grande charme estava na saia longa, de cetim

120

rosa-bebê, vaporosa, coberta por um tule da mesma cor. Clara fechou o zíper, e enfim, fui até o espelho. Estava linda, delicada e elegante. Totalmente diferente do furacão sensual que o Rafa esperava encontrar.

A maquiagem era simples e sofisticada, valorizando ainda mais o vestido. Se as flores do ombro não estivessem à mostra, eu me recusaria a acreditar que aquela bela mulher em frente ao espelho era eu mesma.

— Você está linda — Clara disse, tirando-me do meu devaneio. Ela me olhou de cima a baixo com um sorriso no rosto, orgulhosa do resultado final. — Vamos, coloque os sapatos!

Atendi ao pedido e calcei as sandálias prateadas de salto bem alto. As únicas joias que eu usava eram um pequeno brinco e a pulseira que nunca saía do meu braço.

— Ah, Malu! Você está parecendo uma princesa!

Não consegui segurar o riso.

— Princesa? Ah, para, Clarinha! Olha pra mim. — As flores tatuadas, coloridas e rebeldes, destoando daquele vestido delicado.

— Estou olhando e o que vejo é uma mulher forte, linda, batalhadora, que enfrenta o que aparecer pela frente e merece ser feliz. Você não precisa de corações, laços de cetim ou renda para ser uma princesa. Basta continuar sendo essa pessoa especial. Nunca duvide quando alguém disser que você é linda, porque é a mais pura verdade. Não importa que seus cabelos sejam um arco-íris ou que seu corpo seja coberto de desenhos. Eles fazem parte de quem você é.

Meus olhos se encheram de lágrimas. Estava mais sensível do que nunca, e as palavras de Clara tocaram no fundo da minha alma, fazendo com que eu me perguntasse por que as pessoas que deveriam ser as mais importantes da minha vida não me viam assim, com esse amor absoluto na voz, com esse orgulho incontido, com esse apoio amoroso que só um verdadeiro amigo era capaz de dar.

Respirei fundo, piscando várias vezes para espantar as lágrimas, e abanei as mãos em frente ao rosto, tentando me segurar.

— Nada de lágrimas. Amo você, querida — ela disse, sorrindo.

— Eu também — murmurei, pensando que essa era a primeira vez que eu dizia isso para alguém e me surpreendi ao perceber que era mesmo sincero.

A campainha tocou, assustando-nos. Clara saiu correndo para atender à porta, e eu respirei fundo mais uma vez, indo para a sala quando ouvi a voz do Rafa.

— E você vai... — ele interrompeu o que estava falando quando me viu.

Pela primeira vez na vida, eu o vi sem fala. Ele me olhou de cima a baixo, admirado, com um brilho no olhar que aqueceu meu corpo. Vestia um smoking preto que lhe caía muito bem. Os olhos cinzentos pareciam mais claros, e ele abriu um sorriso que iluminou sua expressão. Estaria perfeitamente arrumado não fosse pelos cabelos desgrenhados de sempre.

— Uau — ele exclamou, aproximando-se de mim. Então, segurou minha mão e deu um sorriso tímido. — Você está incrivelmente linda.

Minhas mãos estavam geladas, e minhas pernas, trêmulas.

— Estou fofinha demais? Você sabe que não sou dessas.

Ele se virou para Clara.

— O que você fez com a verdadeira Malu? — ele perguntou, e ela riu. — Essa daqui não falou nenhum palavrão até agora e nem está cheirando a cigarro.

— Escondi todos os cigarros e o vestido tem uma trava para mocinhas desbocadas. — Clara riu da própria piada, e Rafa se virou para mim, acariciando meu rosto. — Ei, vocês dois estão muito lindos! Vamos tirar uma foto. — Animada, ela pegou o celular no bolso.

Rafa nos levou até a varanda e passou os braços ao redor da minha cintura, murmurando em meu ouvido enquanto Clara se preparava para bater a foto.

— Senti saudades de você, estranha.

Dei uma risadinha.

— Eu também.

— Cadê a tatuagem nova?

— Escondida. Te falei que era num lugar indiscreto.

— Ah, Malu... — Ele suspirou e começou a contar até dez.

— O que foi isso? — perguntei, rindo.

— Estou tentando me acalmar antes que eu empurre a Clara da varanda e leve você para o quarto, para ver essa tatuagem num lugar indiscreto. — Nós rimos, abraçados, quando ouvimos a voz da Clara.

— Ah, ficou linda! Vou mandar para vocês. Queridos, preciso ir. Tenho que tomar um banho antes de ir para a casa dos meus pais.

Fui até ela, dei um abraço e agradeci a ajuda.

— Divirta-se. — Ela sorriu, piscou para mim e mandou beijo para o Rafa.

— Vamos também, Malu? — Rafa perguntou, e eu fiz que sim.

Fui até o quarto pegar minha bolsinha de mão e o celular jogado na cama. Havia uma mensagem, a foto que Clara mandara de nós dois na varanda: nossos rostos estavam colados, estávamos rindo, e ele me abraçava. Aquela imagem transmitia tanto sentimento que eu não conseguia expressar em palavras. Então eu me dei conta de que tudo que evitei a vida inteira estava bem ali, diante dos meus olhos. O amor, a paixão, sentimentos reais. Ninguém jamais teria a importância que ele tinha para mim, ninguém jamais despertaria os sentimentos que ele despertava em mim.

O tal do amor me envolveu tão inesperada e profundamente que era irreversível. Só me restava torcer para não me arrepender.

15

"A vida fica muito mais fácil se a gente sabe onde estão os beijos de que precisamos."
MARIO QUINTANA

RAFA

Abri a porta para ela, e dei a volta no carro. Estava... atordoado. Já sabia que revê-la depois de tanto tempo iria mexer comigo, mas não daquela forma tão inesperada, profunda e... quase irreversível.

Não foi pelo vestido, que era de tirar o fôlego, mas por ela. Pela mulher sensível, delicada e tão cheia de nuances que se escondia sob a armadura de mulher fatal. Agora, mais do que nunca, eu tinha certeza de que era incrível de qualquer jeito, com todas as suas cores e nuances, de vestido sensual, short e camiseta, coberta de tinta, de vestido clássico ou usando nada mais que um lençol.

Sentei-me no banco do motorista, suspirando. Ela me olhou, curiosa. Observei atentamente seu rosto, sorrindo. A maquiagem estava bem discreta e o que me deixou mais feliz ainda foram as tatuagens a mostra. Sabia que, no lugar aonde iríamos, as tatuagens poderiam não ser bem-vistas, mas eu não queria que ela se escondesse. As tatuagens faziam parte de quem ela era, e eu me sentia orgulhoso de tê-la ao meu lado.

Antes de dar a partida no carro, ali, à luz do entardecer, notei seu semblante abatido.

— Você está bem, linda? Está cansada? — Acariciei seu queixo, apreciando a pele macia.

— Acho que trabalhei demais essa semana.

— Como está a produção para a exposição?

— Falta pouco agora. — Ela sorriu.

— Vai me deixar ver antes de todo mundo?

— Você quer? — ela perguntou baixinho, desviando o olhar.

— Claro! Quero saber tudo sobre você. Sempre. — Com uma piscadinha, dei partida no carro, rumo à festa em um grande clube da cidade.

Era um evento bem tradicional. Todos os anos, meus pais ofereciam um grande baile para os membros da alta sociedade. Meu pai era empresário de construção civil, responsável por inúmeros empreendimentos na cidade. Já a minha mãe era uma típica socialite que passava as tardes em chás, eventos beneficentes e jogando tênis com as amigas. Minha escolha profissional gerou certo mal-estar na família, já que meu pai esperava que eu assumisse os negócios quando ele se aposentasse. Mas jamais sonhei em trabalhar com ele ou seguir sua profissão. Além do mais, eu devia a eles minha descrença no amor: fazia anos que dormiam em quartos separados, e meu pai vivia tendo casos por aí, para quem quisesse ver, geralmente com mulheres mais novas. Enquanto isso, os "amigos" da minha mãe apostavam pelas costas dela quem era a garota da vez.

Levar Malu comigo a essas festas, inicialmente, tinha sido um ato de rebeldia. Mas, com o tempo, sua presença se tornou essencial, já que ela havia conquistado a todos com sua simpatia e inteligência. Até a minha mãe, que tinha o pé atrás com ela por causa do seu jeito excêntrico, se encantou.

Ficamos em silêncio no caminho, concentrados na música que tocava e na paisagem ao redor. Resolvi ir pela praia. Apesar de ser mais distante, eu sabia que ela amava. E eu queria fazer todo o possível para agradá-la e fazê-la sorrir.

"E foi assim que a vida colocou
Ela pra mim
Ali naquela terça-feira de dezembro
Por isso sei de cada luz, de cada cor
Pode me perguntar de cada coisa
Que eu me lembro"

Ela sorriu para mim ao ver o mar. Abrindo o vidro do carro, Malu respirou fundo, inspirando o cheiro de maresia, o vento fraco balançando levemente seus cabelos.

— Ah, que delícia — ela falou, sorrindo, os olhos fechados, curtindo aquele momento. — É tão linda!

— Você? É, sim.

Ela morreu de rir.

— Eu estava falando da praia.

Era impossível não flertar com ela. *Só hoje*, pensei.

Paramos no sinal, e Malu estava quase com a cabeça para fora da janela, o vento batendo no rosto. De repente, sua expressão mudou totalmente.

— O que foi? — perguntei, preocupado.

— Me deu uma dor de cabeça... — Ela se reclinou no banco.

O sinal abriu, seguimos, passei a marcha e, então, entrelacei meus dedos nos dela, acariciando sua pele macia com o polegar.

— Quer voltar para casa?

— Não, de jeito nenhum! — ela falou, abrindo os olhos de repente.

— Não quero que você se sinta obrigada a... — comecei, mas ela não permitiu que eu continuasse.

— Não tem nada nesse mundo que eu queira mais do que passar o Natal com você. — Ela estava alegre, apesar da nuvem de dor que atravessava seus olhos escuros. Senti um aperto no peito de felicidade. — Além do mais, preciso desfilar com meu vestido. Estou usando rosa, pelo amor de Deus!

— Verdade. Eu diria que você está doce com esse vestido.

— Doce?! — ela exclamou, sem conseguir conter o desgosto, e eu não consegui segurar o riso.

— Deliciosamente doce — acrescentei, com uma piscadinha e um beijo em sua mão.

Ela suspirou, parecendo um pouco melhor.

M A L U

A festa estava animada, como sempre. Léo também estava lá, e passamos a noite rindo, comendo uma ceia deliciosa e bebendo champanhe da melhor qualidade. Todo ano, a festa de gala que os pais do Rafa ofereciam era muito disputada e os convidados eram sempre muito bem selecionados. Brinquei com ele dizendo que a única gata vira-lata era eu, mas ele fechou a cara para mim, dizendo que eu não deveria falar desse jeito. Concordei, mas, por dentro, eu sabia que era verdade. Não importava quantos vestidos de grife eu usasse, jamais estaria à altura daquelas pessoas. Preferia mil vezes usar short jeans, tomar vinho doce e barato, sentar na varanda de casa batendo papo com os amigos a frequentar esses ambientes tão cheios de pompa. Mas eu jamais deixaria de acompanhá-lo àquela festa. Não ligava para essas datas, já que, na casa dos meus pais, elas sempre foram motivos para festas de aparências, mas, com Rafa e Léo, era completamente diferente. Passávamos a noite conversando, bebendo e rindo. Rafa me levava para casa de madrugada e virávamos a noite vendo *Noviça Rebelde*, com uma garrafa de uísque roubada da festa, falando sobre nossas conquistas do ano.

"Will you still love me tomorrow?", na voz de Amy Winehouse, tinha começado a tocar, e Rafa se levantou, estendendo a mão para mim.

— Vamos?

— Dançar? — Balancei a cabeça, negando. — Não sei dançar direito.

— Está tocando a nossa música — ele disse com um sorriso, pegando a minha mão e me puxando.

— Nós não temos uma música — respondi, indo com ele.

Rafa me segurou pela cintura e apoiou o queixo no alto da minha cabeça, e eu passei os braços ao redor dos seus ombros largos.

— Agora temos.

Dei uma risada, e senti um calor envolver meu corpo. Resolvi desfrutar da magia que era estar em seus braços, dançando lentamente, tendo apenas a música como companhia.

Os minutos passaram mais rápido do que eu queria e a música logo acabou. A banda começou a tocar outra que eu não reconheci. Lentamente, nos afastamos, e ele sorriu para mim, com o rosto perto do meu. A caminho da mesa, em silêncio, fomos interrompidos por uma voz muito familiar, mas que eu esperava não ouvir tão cedo.

— Ora, ora. Se não é a filha pródiga e orgulhosa que prefere viver esmolando "arte" a ser gente — o juiz disse.

Aquilo teve o efeito de uma bofetada, talvez ainda mais forte do que aquela que ele havia me dado na última vez que nos encontramos. Respirei fundo, tentando me recompor, e quando ia responder, Rafa já estava falando, com raiva.

— Engano seu, Vossa Excelência. — Seu tom era insolente e irritado. — A Malu não é pródiga, já que foi deserdada por aqueles que deveriam provê-la. E pode se sustentar sozinha graças ao próprio talento, sem depender da esmola de ninguém.

O juiz nos olhou com repulsa, mas se virou apenas para mim:

— Não sabe falar por conta própria, Maria Luiza? Ah, já sei. Você deixa para ser insolente quando está sozinha, porque precisa parecer doce para o seu amante. Entendo — ele falou.

— Querido — minha mãe chamou, baixinho, e segurou o braço do meu pai, parecendo constrangida. — Não vamos fazer escândalo...

— Vocês dois são inacreditáveis — Rafa soltou, irritado. Tentei tirá-lo dali para evitar mais estresse. — Vocês deveriam amar e valorizar a Malu, mas tudo que sabem fazer é se eximir e criticar. Ela não precisa de vocês.

Minha mãe ficou muito abalada ao ouvir aquilo, mas o juiz continuou impassível em sua pose de magistrado.

— Deixa, Rafa — pedi, acariciando seu braço. — Juiz, mãe.

— Acenei para os dois e o puxei para a mesa.

Estava trêmula e nervosa, mas tentei disfarçar para não deixar o Rafa ainda mais nervoso. Léo veio perguntar se estava tudo bem. Fiz que sim, sem conseguir encontrar minha voz.

— Eu... preciso usar o toalete — avisei, levantando da mesa.

No caminho, peguei um uísque na bandeja, e virei em dois goles. Depois coloquei o copo vazio numa mesa e entrei no banheiro feminino, abrigando-me numa cabine vazia. Abaixei a tampa do vaso sanitário e me sentei, respirando fundo para me acalmar. Minhas mãos e minhas pernas estavam trêmulas. Senti um incômodo no nariz e, ao tocá-lo, senti algo molhado e viscoso nos dedos. Era sangue.

— Merda, só faltava essa — murmurei, apertando um pedaço de papel higiênico para estancar o sangramento.

Alguns segundos depois, saí da cabine e parei em frente ao espelho.

— Precisa de ajuda? — uma senhora perguntou atrás de mim, e me deu um susto.

— Ah, obrigada. Um sangramento no nariz. Não sei o que houve — disse e sorri para ela, tentando não desabar.

Respira, Malu.

— Fica aqui um pouquinho. Vou pegar gelo para você, ajuda a passar — ela disse, sorrindo, e saiu, seu vestido longo e dourado esvoaçando.

Dei uma olhada no espelho e fiquei satisfeita: o incidente não havia estragado a maquiagem. Poucos minutos depois, a senhora do vestido dourado retornou com um guardanapo de tecido na mão, envolvendo pedras de gelo.

— Aqui, querida, sente-se — ela me conduziu até uma poltrona rosa-chá no canto do banheiro luxuoso. Levantei o rosto e ergui a cabeça, encostando o gelo no nariz. — Fique tranquila, já vai melhorar. — A senhora abriu um sorriso reconfortante e eu me senti mais calma depois de toda aquela confusão.

Talvez com o objetivo de me distrair, ela começou a falar sobre a festa, vestidos e outras coisas sem grande importância. Até que, algum tempo depois, afastou o gelo do meu nariz e sorriu, satisfeita.

— Prontinho, mocinha.

— Ah, nossa, muito obrigada — respondi com um sorriso, tocada com sua gentileza.

— Não precisa agradecer. Eu odiaria que o sangue estragasse seu belíssimo vestido ou sua maquiagem, apesar de você não precisar dela.

Sorri, envergonhada, enquanto ela jogava fora o guardanapo sujo de sangue. Então, inesperadamente, ela me abraçou.

— Feliz Natal, querida.

— Feliz Natal — eu murmurei.

Ela foi embora, e fiquei ali por alguns segundos, atordoada com a gentileza daquela mulher. Mais calma, saí do banheiro e dei de cara com o Rafa parado na porta, à minha espera.

— Oi — eu falei, baixinho.

— Oi — ele respondeu. Seu rosto era uma máscara de preo cupação. — Tudo bem?

— Sim — respondi e tentei não preocupá-lo ainda mais. — Só precisava de um tempinho para mim.

Ele balançou a cabeça, concordando, estendeu a mão e me puxou para um abraço. Cercada por seu perfume masculino e seu calor, senti como se estivesse voltando para casa.

— O que você acha de seguir nossa tradição e roubarmos uma garrafa de uísque do bar e irmos para a sua casa, para ver o filme?

Soltei uma risada.

— Acho que a *Noviça Rebelde* só vai passar depois da Missa do Galo.

— Bom, até lá... — Seu sorriso era malicioso. — Podemos encontrar outra coisa para fazer.

— É?

— Aham. — Ele balançou a cabeça, piscando para mim. Sorri ainda mais e estendi a mão para ele, que entrelaçou os dedos nos meus. — Vamos fazer nossa própria comemoração, linda?

— Vamos — concordei, e o segui pela festa, esquecendo-me de toda a tristeza de antes.

Não havia ninguém no mundo mais importante para mim do que ele e, com certeza, eu o seguiria até o fim do mundo se ele quisesse.

16

"Não, meu coração não é maior que o mundo. É muito menor. Nele não cabem nem as minhas dores."

CARLOS DRUMMOND DE ANDRADE

R A F A

Eu me sentia enfeitiçado. Era como se ela tivesse soltado um pó mágico ao girar a saia esvoaçante do seu vestido de baile e lançado um encanto sobre mim. Caramba! Era a mesma Malu. Aquela menina desbocada, festeira, que fumava, bebia e não se preocupava com o que os outros pensavam. Aquela que fazia meu estômago se contorcer, minha respiração falhar e meu peito doer.

Acelerei o carro, cruzando as ruas em silêncio, tentando entender o que estava acontecendo comigo.

Com a gente.

Passei a mão pelos cabelos, nervoso, e olhei para ela, que perecia tão indefesa e, ao mesmo tempo, tão forte. Esse pensamento me remeteu ao encontro com seu odioso pai na festa. Como duas pessoas tão frias podiam ser os pais de alguém tão caloroso quanto ela? Irritado com a presença daquelas duas figuras indesejadas, enquanto Malu estava no banheiro, fui até a minha mãe, a anfitriã, e perguntei quem os havia convidado. Nossas famílias não eram amigas, não havia motivo para eles estarem ali. Ela explicou que um cônsul, amigo do meu pai, não pôde comparecer, pois receberia um casal de amigos, e claro que meus pais estenderam o convite ao tal casal.

Poucos minutos depois, estacionei o carro em frente ao prédio dela. Eu não tinha bebido nada na festa, então nem podia culpar o álcool pela confusão na minha cabeça. Ao mesmo tempo que queria subir e me enroscar nela enquanto assistíamos àquele filme antigo pela milésima vez, queria fugir dali o mais rápido possível, para não ter que lidar com a explosão de sentimentos que a Malu despertava em mim.

— Rafa, tudo bem?

Seus olhos estavam brilhantes, e ela, mais linda do que nunca.

— Sim. — Tentei disfarçar e saí do carro, dando a volta para abrir a porta para ela.

Em frente ao elevador, eu a abracei pela cintura. Ela se apoiou no meu peito, e eu senti o aroma de morango do seu xampu. Finalmente, o elevador chegou e, antes de soltá-la, dei um beijo leve em seus cabelos.

Rapidamente chegamos ao seu andar, que estava silencioso.

— Todo mundo viajou? — perguntei, apontando para as outras portas.

— Clara foi com o Bruninho para a casa da família e a dona Júlia foi para a fazenda da filha — ela falou, indicando o apartamento da simpática senhora que morava ali também.

Malu abriu a porta, acendeu a luz da varanda e os abajures da sala. Parada no meio do cômodo, ela tirou os sapatos, gemendo ao sentir o piso gelado.

— Ahhh.

Sorri para ela, desfiz o nó da gravata-borboleta e tirei o casaco, ficando apenas com a camisa branca do smoking. Enquanto dobrava as mangas, ela pegou o sapato e foi até o quarto, falando comigo.

— Rafa, liga a TV.

Rindo de sua obsessão com o filme, peguei o controle remoto, me acomodei no sofá macio e fui zapeando pelos canais dos filmes para alugar, até encontrar o filme no canal cult.

— Vem, Malu. Achei!

Ela veio correndo e se enrolou em mim. Ficamos em silêncio, abraçados, até que percebi que ela havia caído no sono sem nem precisar do uísque.

Com ela nos braços, observei sua pele macia, os grandes cílios negros e a boca rosada. Adormecida, seu rosto parecia ainda mais jovem. Com o vestido longo cor-de-rosa e as flores tatuadas no ombro, ela lembrava uma princesa rebelde. Fui tomado por um instinto protetor que não sabia de onde vinha. Decidi levá-la para a cama, ela parecia muito pequena naquele mar de tule rosa.

Quando a deitei, ela abriu os olhos e um leve sorriso surgiu. Piscou e pediu, baixinho:

— Vem cá.

Então, como um pescador atraído pelo canto de uma sereia, fui até ela, cobrindo seu corpo pequeno com o meu, roubando seus lábios num beijo firme e doce. Ela segurou meu pescoço com as duas mãos, entrelaçando os dedos em meus cabelos enquanto o beijo ganhava intensidade. Eu estava sedento de tudo o que só ela podia me dar.

Parei por um minuto de beijá-la, e ela se sentou. Passou as mãos macias pelos meus ombros, descendo os dedos pelo meu peito, enquanto abria os botões da minha camisa. Senti um arrepio quando ela tocou a minha pele. Tirei a camisa e abri o botão da calça. Inclinei-me, segurando seus cabelos, e voltei a beijá-la com intensidade.

Acariciei suas costas até encontrar o zíper do vestido. Apenas o som do fecho se abrindo preencheu o quarto. Malu sorriu, corada, e nos levantamos. Ela tirou o vestido, que caiu aos seus pés. Senti minha respiração falhar ao ver seu corpo perfeito apenas de lingerie. Ela parecia um pouco mais magra, mas, quando se aproximou e encostou o corpo no meu, me esqueci de tudo e não consegui pensar em mais nada que não fossem as sensações que ela me despertava.

Deitamos de novo, tirei os sapatos e a calça, que seguiram o mesmo caminho da minha camisa. Não me lembrava de já ter ficado tão envolvido por uma mulher a ponto de sequer lembrar meu próprio nome. Abraçados, nossos lábios se encontraram, perdidos num beijo carinhoso.

Era isso. Havia algo diferente naquela noite, não era apenas a urgência sensual que sempre nos acometia. Tiramos as roupas íntimas, e nossos corpos se uniram, sem nenhuma barreira. O momento foi doce, repleto de toques carinhosos e suaves. Saboreei lentamente seus lábios, o cheiro do seu pescoço, a textura da pele. Um turbilhão de sentimentos me envolveu, e eu simplesmente me deixei levar pelo instinto, pelo desejo e por algo mais que eu não sabia precisar.

Ela era uma total contradição, com aquela doçura extrema e a rebeldia aguçada. Ela me provocava reações que eu nem sabia reconhecer e com as quais não sabia lidar.

Enquanto eu beijava seu corpo inteiro, me aproximei da sua cintura e algo me chamou a atenção.

138

"Caia sete vezes, levante-se oito."

A frase era tão perfeita para ela... Malu era uma lutadora, uma das pessoas mais corajosas que eu já tinha conhecido na vida.

— Linda — eu disse, beijando a tatuagem, e ela abriu um sorriso orgulhoso.

Ao meu toque, seu corpo se arrepiou e, sem conseguir esperar mais, investi de encontro a ela num ritmo lento e sedutor. Ela gemeu baixinho, e começamos a nos mover juntos, lentamente. Meu corpo estava em êxtase completo, totalmente concentrado nela e no que ela despertava em mim. Naquele momento, palavras eram desnecessárias. Era como se ela me completasse, como se eu tivesse vagado pelo mundo e, enfim, tivesse encontrado o meu lar. Lar?

Tentei parar de sonhar e focar no que estávamos vivendo, mas estava imerso naquele momento e nas sensações que ele me despertava.

Segurei suas mãos no alto da cama, entrelaçando os dedos nos dela. Malu abriu os olhos, brilhando de lágrimas.

Senti seu corpo se contrair, me conduzindo a uma espiral de emoções. Ela arqueou o corpo, o clímax atingindo-a com força, enquanto tentei me segurar. Acelerei os movimentos, desejando nunca mais parar, mas seus gemidos e o calor que emanava de seu corpo me deixaram fora de controle.

— Rafa... — ela murmurou, as lágrimas finalmente caindo.

Capturei uma com meu polegar, beijando seus lábios com suavidade, murmurando contra sua boca.

— Shh... eu sei.

Enfim, consegui me deitar de costas na cama, puxando-a para meus braços. Ela me abraçou devagar, apoiando a cabeça em meu peito, seus cabelos espalhados em meus ombros. Respirei fundo, puxando a manta sobre nossos corpos, e, mesmo sem entender o que tinha acontecido entre a gente, naquela noite, permiti que meu corpo relaxasse e, pouco a pouco, caímos juntos num sono profundo.

17

"Como você encontra o seu caminho de volta, no escuro?"
MARILYN MONROE

RAFA

Era manhã de Natal. Abri os olhos lentamente, o sol fraquinho passando pelo tecido leve da cortina, alcançando meu corpo pouco a pouco. Pisquei algumas vezes ao notar a cortina branca, tão diferente das minhas persianas escuras. Senti calor e deparei com as mechas escuras sobre meu peito, cílios longos e escuros, a pele de porcelana e um braço fino me envolvendo.

Merda.

Nunca tinha passado uma noite inteira ali. Ia totalmente contra o nosso acordo. Dormir juntinho confundia nossos sentimentos. Sexo matinal e café da manhã eram coisas de casal, o que eu e Malu, definitivamente, não éramos.

Olhei para ela novamente e percebi que estremecera, como se estivesse tendo um pesadelo, a testa franzida. Vê-la assim despertou em mim diversos sentimentos, sobretudo o desejo de protegê-la de qualquer perigo. Vê-la com esse ar de sofrimento, ainda que apenas durante o sono, deixava meus instintos em alerta, e eu tinha o ímpeto de abraçá-la e dizer que tudo ia ficar bem, que eu jamais deixaria algo magoá-la.

Ela suspirou e me apertou, como se estivesse buscando calor corporal. E, talvez, quem sabe, proteção.

Olhei o relógio. Oito e meia da manhã. Fiquei dividido entre ir para casa e continuar ali, abraçado, aquecido pelo seu corpo nu. Esse pensamento despertou ainda mais meu corpo, que parecia ter vontade própria. *Não, Rafa, sexo matinal, não. É um caminho sem volta.*

Decidi obedecer à minha consciência. Ainda que meu corpo se mostrasse relutante.

Lentamente, fui me desenroscando dela. Peito, abdômen, braço, barriga. Pouco a pouco, consegui tirá-la de cima de mim e, o mais importante, sem acordá-la. Levantei, peguei minhas roupas do chão e fui para o banheiro me vestir e jogar uma água no rosto.

Olhando ao redor, não consegui conter o sorriso de orgulho ao ver como ela havia transformado aquele apartamento num lar acolhedor e colorido, do seu jeitinho. O imóvel, que era dos meus pais e estava fechado havia anos, era perfeito para ela.

Depois de vestido e com o desejo sob controle, decidi não acordá-la para me despedir. Ela estava tão abatida, com olheiras profundas, precisava dormir.

Ao cruzar o corredor, uma luz me chamou a atenção: o ateliê estava aberto. E isso era tão inesperado que eu não resisti e fui bisbilhotar. Através das pinturas, eu tinha uma ideia de seu estado de espírito.

Senti como se estivesse invadindo seu refúgio, então hesitei, parado na porta daquele quarto repleto de tintas, telas, solventes e outros materiais. O cheiro de produtos químicos era forte, mas o colorido do quarto, uma festa para os olhos. Sobre um cavalete, uma bela paisagem ainda incompleta. Estava quase saindo quando vi um cavalete virado para a janela. Fui até lá e levei um susto. Era um retrato meu, apenas meu rosto sorridente, mas a tela era rica. Eu parecia envolvido por uma espécie de feitiço, como se todos os sentimentos do mundo estivessem concentrados na tela.

Como se tivesse levado um choque elétrico, saí do ateliê, arrependido. Não sabia explicar o que estava sentindo.

Peguei minha carteira e o celular na sala, e fui embora, fugindo daquele apartamento, como se mil demônios me perseguissem.

Eu não sabia o que estava acontecendo comigo, mas algo estava mudando, e não só em mim, em nós. E isso não podia ser bom. Não era nada bom.

M A L U

Lentamente, pisquei, pouco a pouco despertando do sono profundo. Fazia tempo que eu não dormia tanto, vinha me sentindo mais cansada que o normal.

Olhei ao redor e encontrei o lençol enrolado ao meu lado, onde o Rafa havia dormido. A cama estava fria, sinal de que ele tinha partido há tempos.

Assim que coloquei o pé no chão gelado, senti uma tontura e voltei a me sentar. Que estranho. Devia ser fome. Olhei para o relógio na mesa de cabeceira, quase duas da tarde. Levantei-me devagar e fui para o banheiro. Entrei no chuveiro e deixei a água morna relaxar meus músculos doloridos. Meu corpo inteiro doía, e fiquei me perguntando por que estava me sentindo assim se a noite passada tinha sido até bem tranquila em comparação às outras vezes em que estivéramos juntos. Rafa foi delicado, cavalheiro, amoroso. Nossos momentos de paixão até então tinham sido completamente diferentes.

Lavei os cabelos, lembrando de quando ele murmurou em meu ouvido algo sobre o cheirinho de morango do meu xampu. Saí do chuveiro, sorrindo diante dessas lembranças.

Fui para a cozinha preparar um café e esperei a cafeteira fazer sua magia no estúdio. Passei por uma tela inacabada e mais outra, perto da janela.

Observei as linhas fortes do rosto de Rafa que eu havia pintado, os olhos expressivos, a linha dura do maxilar. Ele era um homem lindo e doce, estranhamente doce, apesar de querer convencer a todos que não se importava com os sentimentos.

Suspirando, afastei-me do quadro e voltei para a cozinha. Repassando a noite da véspera em minha mente, enchi uma caneca de café preto e segui para o meu refúgio favorito na varanda, parando no caminho só para pegar um cigarro.

Eu vinha fumando bem menos, mas, ainda assim, não conseguia largar o vício.

Com o cigarro aceso em uma das mãos e a caneca de café em outra, acomodei meu corpo dolorido na chaise do canto, lembrando-me da festa, da conversa cheia de provocações, das risadas na mesa, da estranha dança sensual, da forma como ele me defendera e, enfim, de como a noite havia terminado.

Algo tinha mudado; ou melhor, tudo tinha mudado. Eu não era a mesma e tinha certeza de que ele também não. Não sabia exatamente como, mas um sentimento muito, muito forte tinha arrebatado meu peito. Talvez, a tal dor no corpo tivesse a ver com isso. Eu sentia tanto que meu emocional não conseguia conter esses sentimentos os quais, então, explodiam por todo o meu corpo.

Dei um último gole no café forte. Sim, sem dúvida, tudo tinha mudado. Sutilmente, algo nos atingira de forma definitiva e irreversível.

Eu só esperava que essa mudança não tirasse o Rafa de mim.

18

*"Refresca teu coração. Sofre, sofre depressa
Que é para as alegrias novas poderem vir."*
GUIMARÃES ROSA

M A L U

Tínhamos chegado à segunda semana de janeiro. O verão, em seu auge, proporcionava manhãs quentes e tardes de sol e mar. Exceto para mim, que passara a ficar mais em casa. Resolvi tirar uns dias para descansar. Meu corpo estava cansado e dolorido das horas em que eu passava fechada no ateliê. Depois de aprontar tudo para a exposição, eu podia me dar a esse luxo, era o que dizia para todos e para mim mesma. Mas, na verdade, nem mesmo que eu quisesse, conseguiria pintar. As minhas articulações doíam e meus dedos pareciam enrijecidos. Tudo que meu corpo pedia era cama, e era isso que eu oferecia a ele.

Era segunda-feira, e eu não via ninguém havia alguns dias. Rafa me ligara na semana anterior para saber se eu estava bem, mas não tinha aparecido. Eu também não estava com disposição para racionalizar nada.

Ouvi a campainha tocar e suspirei, ainda na cama. Olhei para o relógio: quase onze da manhã. Bocejando, levantei devagar, sentindo a cobrança pelos excessos que havia cometido com poucas horas de sono, muitas horas na mesma posição, fazendo movimentos repetidos, má alimentação, cigarro e álcool nas festas de fim de ano.

Passei as mãos pelos cabelos bagunçados e, lentamente, fui para a sala. A campainha já havia tocado mais duas vezes, mas eu simplesmente não conseguia andar mais rápido.

— Já vai — falei o mais alto que consegui, já que minha cabeça estava estourando.

Abri a porta devagar e deparei com o Gabriel e seu belo sorriso, que se desfez ao me ver.

— O que houve? — ele perguntou, e fiz uma careta de dor.

— Dor... — Umedeci os lábios ressecados. — De cabeça. Estou exausta — falei e o convidei para entrar.

Gabriel me olhou de cima a baixo, e uma expressão de horror tomou conta do seu rosto bonito.

— Malu, você parece que não come há dias, está muito magra e pálida. E com olheiras enormes. — Ele se aproximou, tocando meu rosto. — Deus, você está ardendo em febre.

— Deve ser uma gripe forte — murmurei, mas ele não pareceu convencido.

— O que mais você está sentindo? — Estava sério, nunca o vira assim.

— Dor no corpo, na cabeça, e minhas mãos estão um pouco dormentes.

Balançando a cabeça, ele me levou no colo até a cama e me cobriu. Só nesse momento percebi quanto eu estava mal, meu corpo chegou a tremer. Devia ser uma gripe forte mesmo.

Ele passou a mão no meu rosto e beijou minha testa.

— Volto já.

Fiz que sim, as pálpebras cada vez mais pesadas e, rapidamente, fui tomada pela escuridão.

* * *

Estava escuro, muito escuro. Mas, no final de um corredor, uma pequena fresta de luz começou a aparecer. Ao mesmo tempo que eu queria ir até lá para sentir a claridade me envolver, algo me prendia na escuridão. Fiz força para caminhar em direção à luz, precisava me afastar do escuro, até que um apito curto e constante começou a ressoar na minha cabeça.

Bip. Bip. Bip.

Tentei abrir os olhos, mas as pálpebras estavam pesadas e minha cabeça doía muito, como se eu tivesse sido atingida por uma bigorna de desenho animado.

Bip. Bip. Bip.

O barulho irritante conseguiu vencer o ímpeto de permanecer na escuridão e no silêncio profundo, que aliviavam a dor de cabeça ininterrupta. Aos poucos, consegui abrir os olhos e vi um teto branco depois de piscar muitas vezes para conseguir focar.

Lentamente, olhei ao redor e tudo indicava que era um hospital, com todas aquelas paredes brancas, equipamentos médicos, cama dura e, principalmente, a agulha enfiada em minha mão, presa ao soro, que gotejava ao meu lado. Havia também um pequeno aparelho que parecia ter engolido meu dedo, ligado à terrível máquina do *bip bip*.

No quarto, não havia nenhum outro som além daquele apito. Meu corpo estava pesado. Sentia como se tivesse sido atropelada por um caminhão. Minha boca estava seca e era preciso fazer um grande esforço para umedecê-la. A lembrança de Gabriel me levando para a cama voltou com força, mas eu não conseguia entender como tinha ido parar ali. O que estava acontecendo?

Sem encontrar minha voz, soltei um grunhido baixo, tentando me mexer.

— Ai, meu Deus! Graças a Deus, você acordou. — Ouvi a voz suave de Clara e virei lentamente o rosto para ela.

— O que... — murmurei, mas ela me impediu de falar.

— Vou chamar o médico. Fique aqui, quietinha.

Ela saiu rapidamente e, antes que eu tivesse a chance de fazer alguma coisa, voltou com um médico e uma enfermeira. Ele, um homem de uns quarenta e poucos anos, cabelos escuros, com fios grisalhos nas têmporas, e um sorriso reconfortante, se aproximou da cama com uma prancheta na mão enquanto a moça loira e simpática começava a verificar os equipamentos.

— Maria Luiza, como você está se sentindo? — ele perguntou, e eu franzi a testa ao ouvir o nome que me fazia lembrar do juiz.

— Dolorida... — murmurei, baixinho. Ele sorriu. — O que... houve? — As palavras saíam desconexas da minha boca, mas eles pareciam estar entendendo.

— Eu sou o Dr. Danilo, Maria Luiza. Você assustou todo mundo.

— Ma... lu — pedi, baixinho. Clara se virou para o médico.

— Ela não gosta que a chamem pelo nome composto, doutor. Pode chamá-la de Malu.

— Certo, Malu. Você está aqui há apenas algumas horas. Seus amigos contaram um pouco sobre seu estado nos últimos dias, mas vou precisar da sua ajuda para conseguirmos um diagnóstico, tudo bem? — Fiz que sim, e ele continuou: — Seus amigos disseram que hoje você teve um desmaio com um forte sangramento nasal e que vinha reclamando de dor no corpo, na cabeça, além de apresentar febre. Isso já tinha acontecido antes? — ele perguntou, e senti a mente vazia.

Com muito esforço, respondi, ainda com a voz baixa e um pouco rouca:

— Estou sentindo dor no corpo e nas articulações há alguns dias. — Fiz uma pausa, reunindo forças. — Tive outro sangramento no nariz, no Natal. Dores de cabeça quase diárias. E sono, muito sono.

— Certo. Só teve estes dois episódios de sangramento? Fluxo menstrual normal? Nada desregulado?

Franzi a testa, lembrando que meu último fluxo tinha vindo muito intenso.

— Minha última menstruação durou mais... que o normal. Achei que... por causa do estresse... — Olhei para Clara, que parecia muito pálida. — Os quadros...

— Ela estava sob forte pressão, doutor. Precisava pintar as telas para uma exposição e estava bastante preocupada, trabalhando muito.

— Entendo. Posso examiná-la? — ele perguntou, e eu assenti, ainda olhando para Clara.

Ela me deu um sorriso, que não passou muita firmeza, e seus olhos se encheram de lágrimas.

O médico auscultou meus batimentos cardíacos, examinou meus olhos, garganta e ouvidos. Apertou meu pescoço, observou meus braços e depois minhas pernas. A enfermeira colocou um aparelho de pressão no meu braço enquanto ele fazia anotações.

— Você tem percebido manchas roxas com regularidade?

— Não... não sei — respondi, confusa, mas Clara interrompeu.

— Sim. Estava com uma enorme no braço há pouco tempo.
— Ele assentiu, e continuou a me examinar.

A enfermeira informou minha pressão e percebi que estava bem abaixo do que deveria.

— O que... eu tenho? — Minha voz saiu um pouco mais alta, mas ainda fraca.

— Malu, precisamos fazer alguns exames antes de confirmar minhas suspeitas. Uma técnica virá coletar seu sangue, ok? Vamos pedir urgência e, assim que os resultados saírem, eu volto — disse, o tom de voz calmo. Clara apertou minha mão. — Se precisar de qualquer coisa, por favor, não hesitem em me chamar.

Ele piscou para mim e saiu do quarto, acompanhado da enfermeira.

— Vou ligar para o Rafa. Não tinha conseguido falar com ele antes e... — Clara disse, mas eu a interrompi.

— Não, Clara.... A gente nem sabe... o que... eu tenho. Não quero preocupá-lo.

— Mas...

— Amiga, não — pedi, séria, e ela acenou, concordando. — Onde está o Bruninho?

— Lá fora, brincando no salão infantil com o Gabriel.

— O que você acha que...

Ela me encarou, os olhos cheios de lágrimas, parecendo engolir o choro que estava prestes a cair.

— Vamos rezar para que não seja nada, tá bom? — Sua mão macia afagou meus cabelos, e eu fechei os olhos, exausta demais.

* * *

Acordei com um toque gelado na testa. Piscando, deparei com a enfermeira loira, que abriu um sorriso acolhedor para mim.

— Oi, Malu. Como você está se sentindo?

— Acho que... estou bem — murmurei, ainda confusa.

— Que bom. O Dr. Danilo virá conversar com você daqui a pouco, ok?

Fiz que sim, e ela saiu. Gabriel apareceu do meu lado.

— Que susto você me deu — ele disse baixinho, passando a mão nos meus cabelos.

— Desculpe — murmurei.

Ele piscou para mim.

— Não peça desculpas. Fiquei muito preocupado com você.

— Dormi por muito tempo? — perguntei, sem noção da hora.

— Um pouquinho. Depois que coletaram seu sangue e fizeram aquele exame, você apagou. O médico deve voltar para falar dos resultados.

— Aquele exame me deixou dolorida... — Franzi a testa. — E a Clara? — perguntei, ao notar que ela não estava no quarto.

— Foi levar o Bruninho para comer... — ele começou, mas foi interrompido por uma voz infantil.

— Tia Malu, você acordou! — Bruninho soltou a mão da Clara e correu até mim.

— Oi, meu amor. — Fiz carinho na cabeça dele.

— Você está melhor, tia? A mamãe disse que você estava dodói.

— Estou melhor. Tenho certeza de que o médico vai deixar eu ir para casa logo logo.

— Aí a gente pode jogar *Hora de aventura*? — ele perguntou, esperançoso.

— Claro!

Alguém bateu à porta.

— Posso entrar? — Dr. Danilo entrou com a enfermeira,

— Mãe, posso levar o rapazinho ao salão infantil? — ela perguntou para Clara, mas olhando na minha direção.

Clara empalideceu, e concordou. A enfermeira chamou Bruninho e segurou a mão dele. Quando ficamos só nós três, o doutor Danilo se virou na minha direção.

— Malu, estou com o resultado dos seus exames. Você quer conversar comigo em particular? — ele perguntou, e eu neguei.

— Não, doutor. A Clara e o Gabriel são como irmãos para mim. Pode falar o que está acontecendo.

O médico concordou e se sentou na cadeira ao lado da cama, Clara e Gabriel ficaram do outro lado.

— O que eu tenho, doutor? — perguntei, e o médico segurou a minha mão.

Respirando fundo, ele disse:

— Malu, seus exames não foram como esperávamos. Fizemos um hemograma e os resultados me preocuparam. A contagem de glóbulos brancos e vermelhos estava anormal e nós detectamos a presença de blasto no sangue, o que, normalmente, só deveria ser encontrado na medula — Dr. Danilo explicou, e fiquei observando, sem esboçar reação. — Por isso, pedi que fosse feita uma punção lombar. Nós retiramos alguns líquidos ao redor da coluna espinhal para análise.

— E o que isso quer dizer? — perguntei, num fio de voz.

A palavra punção me fez pensar na doença mais devastadora que eu conhecia.

— Sinto muito, Malu. — Ele apertou a minha mão. — Os exames detectaram que você está com leucemia.

— Meu Deus! — Clara tampou a boca e começou a chorar.

Gabriel abraçou Clara, segurando-me pela mão enquanto minhas lágrimas caíam.

— Eu vou morrer? — perguntei, e o médico fez que não.

— Malu, no que depender de nós, você vai se recuperar. Vamos começar com a quimioterapia enquanto tratamos sua anemia o mais rápido possível. Como o quadro está um pouco avançado, provavelmente vamos precisar de transplante, mas antes temos que saber como você vai reagir ao primeiro ciclo.

Fechei os olhos, me sentindo mais sozinha do que nunca. Gabriel acariciava meus dedos com o polegar.

— Mas preciso que você siga à risca o tratamento. Vai precisar parar de pintar por um tempo. Cigarro e bebidas alcoólicas estão proibidos.

— Por que não posso pintar? — perguntei, ansiosa.

Se não podia pintar, o que faria com meu tempo livre?

— Pacientes em tratamento não podem ter contato com determinados produtos, e algumas tintas e solventes são à base de benzeno, que é uma substância altamente cancerígena.

Em prantos, não conseguia falar nem pensar.

— É grave, não é? — perguntei, inconsolável. — Pode falar, doutor. — Estava soluçando, e enxuguei as lágrimas, que não paravam de cair.

— É, Malu. É grave. Mas não é uma sentença de morte. Vamos começar com a quimioterapia e, se não der certo, faremos o transplante. Você é uma moça jovem. O hospital tem profissionais excelentes especializados nesse tipo de tratamento.

— Você... vai me encaminhar para outro médico? — perguntei, num sussurro.

— Não, eu sou oncologista. Quando você deu entrada com todos aqueles sintomas, a equipe da emergência logo me convocou. — Ele suspirou, continuando: — Quero que você descanse para se recuperar. Daqui a uma semana, vamos fazer a primeira sessão de quimioterapia.

— De quantas sessões ela vai precisar, doutor? — Clara perguntou, parecendo mais recomposta.

— Vamos fazer esse ciclo com quatro sessões. Uma por semana. Repetiremos os exames e veremos se a doença vai regredir.

— E o transplante? — Gabriel perguntou.

— Vamos monitorar esse primeiro mês. Se for necessário, ela entra na fila do transplante. Vamos testar os parentes mais próximos, amigos e quem mais estiver disposto a doar.

— Eu posso ir para casa? — perguntei, sentindo necessidade de ficar sozinha.

— Se você estiver se sentindo bem, pode. Mas não sem antes eu mesmo conferir algumas coisas.

— Eu estou bem.

Ele se levantou e me examinou por alguns minutos. Quando se deu por satisfeito, sorriu.

— A febre cedeu. Vou deixar você ir para casa, mas preciso que siga à risca as minhas instruções.

— Vou tomar conta dela, doutor — Clara falou, olhando com carinho para mim.

— Ótimo. Ela precisa se alimentar bem, descansar e ficar longe de cigarro e bebida. Nada de mexer com produtos químicos. E qualquer sintoma, liguem pra mim. Vou deixar meu cartão com o número do celular. Podem me ligar a qualquer hora, ok?

— Tudo bem — murmurei e ele segurou a minha mão.

— Lembre-se do que falei. Não é uma sentença de morte. Faremos de tudo para que você se recupere, tenha certeza disso. — Fiz que sim com a cabeça, sentindo meu coração em pedaços.

19

"O desespero é um narcótico. Ele tranquiliza a mente com a apatia."

CHARLES CHAPLIN

MALU

Sempre ouvi dizer que a vida passa como um filme diante de nossos olhos quando estamos à beira da morte. E foi mais ou menos isso que aconteceu comigo.

Com o coração e a alma em pedaços, fui para casa, amparada por Gabriel e Clara. Clarinha fez sopa, e Gabriel trancou meu ateliê por causa dos produtos químicos, prometendo levar tudo embora no dia seguinte.

Eu não disse nada. Não tinha voz, minha mente estava vazia. Não sabia nem o que pensar. Era como se ouvisse apenas o tique-taque de um relógio, contando os minutos para o fim. Fui direto para o quarto, tomei um banho para tirar aquele cheiro de hospital do corpo, mas foi tudo feito no automático. Vesti um pijama de malha e me enfiei na cama, debaixo de um edredom, apesar do calor do verão.

Poucos minutos depois, Gabriel entrou, deitou ao meu lado e me abraçou, em silêncio. Eu só fiquei olhando para o nada, me perguntando o que iria acontecer. De tempos em tempos, ele murmurava:

— Estou com **você**, Malu. Nós estamos com você.

Eu era grata pela amizade deles; por estarem comigo naquele momento em que a minha vida estava por um fio.

Fiquei horas ali, no calor do abraço de Gabriel, pensando e repensando em como seria dali em diante. Sabia que a quimioterapia me deixaria ainda mais debilitada, e não era garantia de cura, mas havia chance. No entanto, a fatídica pergunta não parava de ecoar em minha mente: *Será que vou morrer?*

Clara entrou no quarto com a sopa, o suco, e as torradas numa bandeja. Sem falar nada, eu me sentei, engoli a comida e voltei a me deitar. Os dois não saíam do meu lado. Eu sabia que a Clarinha, em especial, estava sofrendo. A doença que levara seu marido estava de volta à sua vida, trazendo uma série de lembranças indesejáveis. Eu me senti culpada por fazê-la reviver tudo aquilo e egoísta por mantê-la ali comigo, em vez de poupá-la desse sofrimento. Mas simplesmente eu não conseguia ser altruísta o suficiente para mantê-la afastada. E sabia que ela não iria querer isso.

Bruninho entrou no quarto com um saco de dormir dizendo que ia acampar. Estendeu o saco ao lado da minha cama e, quase na mesma hora, caiu no sono. Clara se deitou de um lado e Gabriel de outro. Nós três passamos a noite ali, como se não conseguíssemos ficar sozinhos.

Eu vi que os dois se remexiam na cama, acordando toda hora para ver como eu estava. Mas passei a noite em claro, olhando para o nada, o coração acelerado e minha mente gritando o tempo todo: *Será que vou morrer?*

Pela manhã, ouvi um barulho no meu ateliê: estava sendo esvaziado. Não queria ver. Era como se alguém muito importante estivesse indo embora da minha vida, partindo para nunca mais voltar. Achei que devia ser essa a sensação de se perder um grande amor...

Passei o dia na cama, olhando para o teto, lágrimas escorrendo vez ou outra. Clara entrava e saía do meu quarto, me alimentando, me dando remédio, fazendo carinho. Gabriel passou parte do dia fora, mas, à tarde, voltou a me enrolar em seus braços.

Nos poucos momentos em que fiquei sozinha, ouvi murmúrios dos dois na sala, e imaginei que estivessem conversando sobre o que fariam comigo. Não sabia o que haviam combinado, mas fiquei satisfeita por não terem me pressionado a falar ou fazer qualquer coisa. Eu precisava de tempo. Precisava do meu tempo para pensar em tudo... e em nada. Apenas para sentir.

* * *

No terceiro dia após o diagnóstico, eu estava me sentindo um pouco melhor. Já conseguia levantar da cama, tomar um banho demorado e vestir uma roupa decente em vez de pijama. Entrei no estágio em que precisava saber mais. Precisava ter ideia do que me esperava, o que a quimioterapia faria comigo e quanto aquilo exigiria de mim e do meu emocional. E a única pessoa que era capaz de me explicar as coisas do jeito que eu precisava ouvir, sem termos médicos, era a Clara.

O Dr. Danilo havia falado que eu poderia ligar para ele a qualquer momento e marcou uma consulta antes da quimio para me explicar melhor os efeitos colaterais e passar as orientações, mas eu precisava conversar com alguém que sabia como era passar por tudo aquilo e que me diria a verdade, alguém que me prepararia para o que estava prestes a acontecer. Apesar de saber que era um assunto doloroso para ela.

A casa estava silenciosa. Gabriel tinha ido trabalhar e só voltaria mais tarde. Clara tinha vindo mais cedo, avisando que deixaria o Bruninho na colônia de férias, e depois daria um jeitinho na casa, que havia sido deixada de lado nos últimos dias.

Coloquei um vestidinho leve azul e soltei os cabelos antes de bater à porta de Clara. Ela me recebeu sorrindo.

— Ah, Malu! Você está bem? — perguntou, me puxando para dentro e me abraçando com força.

— Estou... — falei baixinho, retribuindo o abraço. — Desculpe — sussurrei em seu ouvido e ela se afastou apenas o suficiente para olhar em meus olhos.

— O quê? Pelo quê? — Ela segurou minha mão e me levou até o sofá.

— Por te fazer passar por tudo isso de novo. — Uma lágrima escorreu, e eu a enxuguei rapidamente. — Sei quanto é difícil para você...

Ela não permitiu que eu continuasse.

— Malu, nunca mais fale isso! Você é a minha melhor amiga. É lógico que estarei sempre aqui. Não importa se já passei por isso. Pelo menos, vou saber como ajudar.

— Mas lembrar disso te traz muito sofrimento...

— Querida. — Ela acariciou meu rosto. — Não tenho como mudar o passado. Foi muito difícil perder o Breno, mas os momentos bons compensaram tudo. Levo comigo as melhores lembranças possíveis. Os momentos difíceis me ajudaram a amadurecer, a ser forte, pelo Bruninho. E estarei ao seu lado.

Você não está sozinha. Gabriel e eu estamos com você, e claro que o Rafa também vai estar quando você contar.

— Quero falar com ele pessoalmente. — Funguei, engolindo o choro. — Mas preciso saber... se não for demais para você, Clarinha.

Ela me olhou com curiosidade e eu continuei:

— Preciso saber como será... o que vou sentir.

Ela balançou a cabeça, respirou fundo e, segurando minhas mãos, começou a falar:

— Bom, não será fácil, Malu. O tratamento é bastante agressivo e precisa ser. — Ela olhou para mim, colocando uma mecha de cabelo atrás da minha orelha. — Lembro que, após as sessões, o Breno sentia muito cansaço, enjoo, ânsia de vômito, mal-estar. Algumas vezes, ele sentia falta de ar. Mas acho que isso varia de pessoa para pessoa, sabe? — Ela suspirou. — Lembro que alguns pacientes que faziam o tratamento na mesma época que ele não sentiam enjoo, por exemplo. Outros perdiam o apetite, porque sentiam um gosto ruim na boca e a comida também ficava ruim. Cada organismo reage de um jeito ao tratamento.

Assenti e ficamos em silêncio. Então perguntei, num sussurro:

— Meu cabelo vai cair?

— Infelizmente, acho que sim. — Passei a mão na cabeça, e ela me abraçou. — O médico, na época, disse que o Breno sentiria dor no couro cabeludo mais ou menos dezoito dias após o início do tratamento. E, então, uns dois dias depois, o cabelo iria cair. Foi o que aconteceu. Alguns pacientes não sentiam isso. Os cabelos caíam em tufos, mas não sentiam dor no couro cabeludo.

Estremeci diante dessa imagem, e ela voltou a falar:

— Mas pensa por outro lado. Vamos comprar várias perucas coloridas, azuis, verdes, rosa, a cor que você quiser. Você vai

continuar linda, Malu. E os seus cabelos vão voltar a crescer.
— Agora as lágrimas não paravam de cair, e ela as enxugou, deslizando o polegar no meu rosto. — E vamos continuar te amando e te apoiando.

Concordei, me permitindo aproveitar o calor do seu abraço. Clara era como uma irmã mais velha, cuidando de mim com tanto carinho. Eu me perguntei se deveria contar aos meus pais. Como numa transmissão de pensamento, ela me perguntou:

— Você não vai avisar à sua família?

Então me lembrei dos últimos encontros com meus pais, em especial na noite de Natal.

— Acho que não... eles não iriam se interessar — disse baixinho.

— Pior pra eles. Nós estamos com você, Malu. Nunca se esqueça disso.

Sorri, agradecida, e nós ficamos ali, sentadas, juntas, em silêncio.

* * *

Naquela noite, eu estava acomodada no meu lugar preferido da casa, a varanda, com um cigarro apagado entre os dedos. Não podia fumar, mas, só de segurá-lo, já sentia um pouco da tranquilidade que a nicotina proporcionava.

É engraçado como certas coisas que acontecem na nossa vida nos fazem refletir sobre tudo... nossas atitudes, comportamentos, opiniões... saber que eu estava com uma doença grave me fez repensar minha relação com a minha família. Será que eu poderia ter feito algo diferente? Será que não tinha sido intransigente demais, talvez até mimada, quando resolvi me rebelar contra eles? Afinal, eles eram meus pais e deveriam me amar incondicionalmente, e eu, a eles.

Suspirando e decidida a dar uma oportunidade ao passado, peguei o telefone e digitei os números que sabia de cor. Dois toques depois, ouvi a voz do homem que eu tanto temia.

— Alô?

— Pai? — sussurrei, meus olhos se enchendo de lágrimas.

— O que você quer? Já falei que não vou sustentar vagabunda. — Sua voz estava repleta de ódio, e senti o que havia sobrado do coração se despedaçar. — Foi dispensada por seu amante e agora está rastejando de volta, é isso?

Fechei os olhos, e todos os traumas dos abusos que tinha sofrido com eles voltaram com força. Não, eu não tinha sido intransigente ou mimada; apenas me libertara de um tirano.

— Não quero seu dinheiro — falei com a voz firme, ainda que isso tivesse custado todas as minhas forças. — Liguei porque estou doente e achei que, talvez, você iria querer saber.

Ficamos em silêncio por cinco segundos e, quando ele falou, a voz soou fria:

— Precisa de dinheiro para se tratar?

— Não — respondi rapidamente.

— Então não sei o que você quer — ele disse, e um tapa na cara teria doído menos. Sua frieza era tamanha que cheguei a sentir dor física.

Segurei o telefone com mais força ainda e busquei as palavras no fundo do meu coração.

— Desculpe por ter ligado. Eu realmente não deveria ter incomodado vocês. Achei que, apesar de nossas brigas e problemas, tivéssemos algum amor de pai e filha, ainda que muito sutil. Mas eu estava enganada. — Passei a língua pelos lábios ressecados, a dor de cabeça despontando novamente, bem como a dormência na ponta dos dedos. — Fique tranquilo pois isso não vai se repetir. Tenha uma boa-noite.

Desliguei o telefone e fiquei olhando para o cigarro que revirava entre os dedos. Era uma pena que eu não pudesse fumá-lo.

Levantei da *chaise* com dificuldade, mas tentei reunir forças. Ouvi uma batida à porta, e vi a cabeça da Clarinha na fresta. Instantaneamente, ela olhou para cigarro com uma expressão de pânico.

— Você está fumando?

— Não! — respondi, depressa. — Estava só segurando. Me acalma. — Sorri, tentando fingir que nada havia acontecido.

— Desculpe, não estou desconfiando de você, mas sei que é difícil largar o vício.

— Tudo bem, Mama — brinquei com ela, que ampliou o sorriso.

— Estou fazendo o jantar. Gabriel disse que vem mais tarde.

— Vocês dois precisam cuidar da vida de vocês, não podem viver para mim.

— Mas preciso fazer comida de um jeito ou de outro. Tenho um garotinho em fase de crescimento que está sempre com fome. Além disso, já falei que estamos do seu lado. Nada que você fale ou faça vai te livrar da gente. — Ela deu uma risada e, mais uma vez, eu me senti grata.

— Tá bom. Estou por aqui. Acho que vou ver as notícias na internet enquanto você termina o jantar.

— Certo. Qualquer coisa, me chama.

— Pode deixar.

Clara voltou para casa, e eu sentei no sofá com o notebook no colo e coloquei *One*, do U2, para tocar no celular. Com fones no ouvido, fechei os olhos e apoiei a cabeça no encosto, enquanto o computador ligava.

| 164

Procurei no Google: *risco de câncer para pintores*. Em segundos, milhares de resultados apareceram. Muitos artigos falavam o mesmo que o médico: produtos químicos, como o benzeno, que eu usava bastante, estavam relacionados ao câncer. Eram mais links do que eu conseguia assimilar. Mas um em especial me chamou a atenção. Era o blog de um pintor e desenhista que tivera câncer no pulmão. Ele escrevia sobre como se sentia, as reações que tivera e o que havia mudado em sua carreira.

Enquanto lia, criei um documento no Word com vários tópicos para perguntar ao Dr. Danilo na consulta do dia seguinte. O que mais me deixou impressionada foi um texto em que ele revelava sua tristeza por não conseguir mais desenhar com precisão. A quimioterapia havia tirado um pouco da sensibilidade da ponta dos seus dedos e, desde então, ele tinha muita dificuldade em segurar lápis e pincel.

Fiquei alguns segundos ali parada, absorvendo o impacto daquele texto. Pensei se o mesmo aconteceria comigo. Eu também perderia a sensibilidade? Como um dia voltaria a pintar? Uma batida à porta desviou a minha atenção, e fechei as janelas do navegador depressa, enquanto Gabriel entrava com um grande buquê de flores.

— Nossa, que lindo! Vai para um encontro? — Disfarcei minha apreensão.

— Encontro? Sim, com as duas garotas mais lindas que conheço. — Ele levantou as sobrancelhas, fazendo uma cara engraçada, me entregou as flores e beijou o topo da minha cabeça. Desliguei o computador. — Estou gostando de ver, você está com uma carinha bem melhor.

— Me sinto melhor mesmo.

— Parei na Clara antes de vir aqui. Ela disse que o jantar está pronto.

Ele me ajudou a levantar.

— Então vamos, antes que ela venha puxar nossas orelhas.

Nós rimos, e ele estendeu o braço para me dar apoio. No caminho, colocamos as flores em um vaso, que ele encheu de água.

— Amanhã, pela manhã, você pode me dar uma carona?

— Claro, aonde você quer ir?

— No escritório do Rafa. Preciso conversar com ele.

— Tem certeza de que quer fazer isso lá?

— Sim, mais tarde tenho uma consulta com o Dr. Danilo. Vou pedir que ele vá comigo.

Gabriel balançou a cabeça, concordando, mas senti que estava aborrecido.

— Está chateado, Gabe?

— Gabe? — Ele riu com o apelido.

— Prefere Biel? — Fiz uma careta de desgosto. — Ou, quem sabe, Gabi?

— Argh! Preferia que você me chamasse de meu amor.

— Ahhh. — Suspirei, sem saber o que responder.

— Desculpe. Sei que você não gosta de mim assim. — Ele fechou os olhos e me puxou para um abraço. — Eu amo você, Malu. Acho que me apaixonei no momento em que você olhou para mim naquela festa. Mas sei que seu coração pertence a outro. — Me afastei um pouco para responder, mas ele colocou os dedos sobre meus lábios. — Não deixe de falar a ele o que sente. Você merece ser amada da forma mais intensa e incondicional possível.

— Mas...

— Sem mas. Não posso mudar o que sinto, mas posso escolher como lidar com isso. Nunca vou fazer algo que a deixe constrangida. Eu sei que você gosta de mim como amigo e serei o melhor amigo de todos para você.

— Você já é.

— Então é isso que importa. E, entre esses apelidos horríveis — ele riu —, Gabe é aceitável.

— Aceitável?

— Fala de novo..

— Gabe.

— Já me sinto um Gabe — ele disse, rindo, e me abraçou novamente. — Estou do seu lado, Malu. Sempre que você precisar.

— Obrigada — respondi, emocionada, e ele piscou, levando-me para a casa da Clarinha, que nos aguardava para jantar.

20

"Às vezes, você faz escolhas na vida e, às vezes, as escolhas fazem você."
GAYLE FORMAN

R A F A

— Você fez o quê? — Léo gritou, enfurecido, na minha frente. Ele andava de um lado para o outro, passando a mão na cabeça. — Não estou acreditando.

— Já falei, cara. Pedi a Lizzie em namoro. — Senti uma pontada na testa, anunciando que a dor de cabeça, que tinha começado na véspera, logo depois do pedido repentino, estava de volta.

— Você está louco. E a Malu?

— O que tem a Malu? Nós somos amigos.

— Amigos é o cacete! Achei que tinha colocado juízo nessa sua cabeça oca! — Léo parou na frente da minha mesa, apoiando as duas mãos. — Se você tivesse que pedir alguém em namoro, era para ser a Malu, e não a *milady*.

— Não fale assim da Lizzie. — Fechei os olhos.

— Cara, tem horas que você é burro demais! A Malu é a

melhor parte da sua vida. Sempre que está com ela, parece que vai sair voando de felicidade.

— Não posso ficar com a Malu, Léo. — Senti um tremor dentro de mim. — Não posso.

— E por que não? É nítido que vocês se gostam. Ela não sai com mais ninguém. Que idiotice é essa? Se prender a uma menina que não tem nada a ver com você?

— Não posso, Léo... — murmurei, sentindo meu coração se esvaziar. — Com a Lizzie, as coisas são seguras. Tenho controle daquilo que sinto, do rumo que as coisas estão tomando. — Passei a mão pelos cabelos, sentindo dor no estômago e falta de ar. — Mas, com a Malu, é como se ela tivesse o poder de me destruir, entende? Não tenho controle sobre minhas ações, minhas palavras ou meus sentimentos. É como um trem descarrilado vindo em minha direção. Preciso fugir. Não posso ficar ali para ser atingido.

Léo olhou para mim, decepcionado.

— Você está dizendo a coisa mais idiota que já ouvi na vida. O nome do que está descrevendo é *pai-xão* — ele falou, separando as sílabas, como se eu tivesse dificuldade para entender as coisas. — Você está apaixonado por ela. Sempre esteve, na verdade. Não importa com quantas mulheres fique, sempre foi a Malu, sempre. E não adianta fugir. Ela vai te acompanhar em todos os relacionamentos que você teimar em ter.

Fiquei encarando o Léo com descrença, e ele acenou com a mão, como se estivesse desistindo de mim.

— Não adianta fugir do amor, cara. Quando você encontra aquela pessoa que faz você perder o fôlego, a noção, a razão e o controle, é preciso segurá-la com toda a força e não deixá-la ir embora. Caso contrário, o vazio da perda deixa um buraco no peito.

Ele virou as costas e foi em direção à saída, virando-se para mim ao chegar perto da porta.

— A Malu te ama, cara. Mas você vai perdê-la. E o pior é que vai ser atingido pelo tal trem desgovernado sem nem mesmo perceber.

Ele saiu, me deixando sozinho com meus pensamentos.

* * *

Algumas horas depois, eu ainda estava virado para a janela, olhando a cidade e pensando. De repente, o barulho do interfone soou, tirando-me dos meus devaneios.

— Dr. Rafael, Malu Bragança está aqui para vê-lo.

— Pode mandá-la entrar — eu disse, e senti um nó no estômago.

Não estava apaixonado. Não estava apaixonado. Talvez, se eu repetisse algumas vezes, fosse capaz de tirar da cabeça esse monte de baboseira que o Léo disse.

Uma leve batida à porta me despertou. Malu entrou, devagar, com um sorriso inseguro. Senti meu coração disparar e meu estômago se contorcer. *Que merda era aquela?*

— Oi — ela falou, se aproximando da minha mesa.

Levantei, mas, quando ela foi me beijar nos lábios, virei o rosto e senti o beijo pegar na bochecha. Quando nos afastamos, foi como se algo estivesse errado ou faltando. Ela ficou me olhando com preocupação, mas indiquei o sofá para que ela se sentasse.

Ela estava mais magra, mas continuava linda. Usava uma calça preta justa e uma blusa cor de vinho com mangas na altura do cotovelo. O cabelo estava solto. Nos pés, uma sandália baixa.

Observei-a com mais atenção e podia dizer que havia algo estranho.

— Desculpe aparecer sem avisar — ela disse, as mãos juntas.

Sua expressão corporal demonstrava que estava nervosa e toda aquela conversa com Léo voltou à minha mente, me deixando em pânico.

Não estava apaixonado. Não estava apaixonado. Não estou...

— Não tem problema, Malu. Aconteceu alguma coisa? — perguntei, sentindo o suor frio escorrer.

— Bem, eu precisava conversar com você sobre uma coisa. — Ela baixou o olhar, e fiquei ofegante

"A Malu te ama, cara." Ouvia as palavras do Léo. Meu coração estava ainda mais acelerado, como se eu tivesse corrido uma maratona. Estava claro que tinha vindo dizer algo sério, mas eu não podia deixar que ela se declarasse. "A Malu te ama, cara." *Não, não podia me apaixonar. Não estava apaixonado.*

— Na verdade — interrompi, sem saber direito o que estava fazendo. Precisava pensar em alguma coisa para dizer antes. Precisava controlar o pânico. — Eu também precisava conversar com você — falei, e ela olhou para mim com expectativa.

— Hum. — Sua expressão parecia desconcertada. — Por que você não fala primeiro? — ela sugeriu, e passei a mão na testa, suando frio.

— Bem, eu queria que você soubesse que... estou namorando.

— Namorando?

— É. Conheci a Lizzie, e ela é diferente e... sei lá. — Respirei fundo, tentando me concentrar. — Achei que seria uma boa ideia.

— Boa ideia? — Ela parecia incrédula. Eu tremia, minha vontade era ir até ela, abraçá-la e nunca mais soltá-la. Mas só balancei a cabeça, concordando. — Bem, isso é inesperado... — ela murmurou, confusa.

— O que você... queria contar? — eu perguntei, tirando-a de uma espécie de torpor.

— Contar? Ah... hum... — Ela olhou para mim e pensou por alguns segundos. — É que eu... decidi viajar — ela disse com uma expressão de pesar.

— Viajar? — *Como assim viajar? Ela mal vai até a esquina sozinha.* — Vai viajar para onde? Com quem? Quando? E quando volta?

— Eu... vou sozinha. Não vou com ninguém. Vai ser tipo um... mochilão. E ainda não tenho data certa para voltar — ela respondeu, e balancei a cabeça, sem conseguir acreditar.

— Malu, isso não faz sentido. Você não anda sozinha...

— Eu... eu preciso, Rafa. É... importante para mim — ela falou num murmúrio e, subitamente, levantou-se do sofá. — Bem, eu... preciso ir. Vou fazer uma reunião de despedida na próxima semana. Te aviso certinho o dia. E leve a sua... namorada.

Antes de sair, ela segurou a maçaneta da porta e se virou para mim.

— Desejo que você seja feliz, Rafa — murmurou e foi embora, me deixando atordoado.

Fechei os olhos, passei a mão nos cabelos e me perguntei: *Que merda que eu fiz?*

M A L U

Saí do escritório do Rafa como se estivesse fugindo da morte. A notícia caiu como uma bomba em mim. Como ele tinha se apaixonado por alguém sem que eu percebesse? Como pude ser tão boba, achando que o tinha nas mãos, que ele estaria sempre ali, ao alcance dos meus dedos? Pela primeira vez na vida, ele estava tentando ser feliz num relacionamento. Eu sabia quanto isso era difícil para ele e não podia estragar tudo por causa da minha doença. Não, de jeito nenhum. Quem era eu para jogar sobre ele a responsabilidade de cuidar de alguém à beira da morte?

Refleti sobre tudo que tinha lido sobre leucemia e as implicações da doença em minha vida. Valia a pena enfrentar um tratamento tão agressivo se eu não tinha mais ninguém? Já não tinha família, não podia trabalhar com o que mais eu amava. Teria que impor à minha melhor amiga que cuidasse de mim, fazendo-a relembrar tudo que havia sofrido com a perda do marido. Era injusto exigir tanto do Gabe, sabendo que não correspondia aos seus sentimentos. Além disso tudo, o Rafa era a pessoa mais importante do mundo para mim e contar a ele que eu estava doente faria com que ele se afastasse do primeiro relacionamento de verdade que estava se permitindo viver. E, ainda que meus sentimentos por ele fossem tão profundos que eu nem mesmo sabia colocar em palavras, o desejo de vê-lo feliz era maior, porque eu sabia que meu tempo estava acabando. A cada minuto que passava, a desculpa que eu inventara em seu escritório, ao dizer que ia viajar, me parecia melhor.

21

"A vida me ensinou a dizer adeus às pessoas que amo, sem tirá-las do meu coração."
CHARLES CHAPLIN

M A L U

"Dr. Danilo, paciente o aguarda na recepção. Dr. Danilo."

Ouvi a recepcionista avisar ao médico que eu tinha chegado ao setor de oncologia do hospital. Na sala de espera, havia alguns pacientes. Uns pareciam muito debilitados; outros, nem tanto. Mas todos tinham algo em comum: estavam acompanhados de seus familiares. Pais, mães, filhos, esposos, não importava quem fosse, estavam ali. Em situações tão dolorosas quanto essa, o apoio das pessoas que nos amam é essencial.

O médico apareceu no corredor e me chamou para seu consultório.

— Como está se sentindo, Malu? Parece um pouco melhor.

— Estou, sim. Tenho me alimentado bem e descansado bastante. — Coloquei uma mecha de cabelo atrás da orelha. — Não estou fumando, apesar de sentir muita falta do cigarro.

Ele balançou a cabeça e sorriu.

— Bem, vou examiná-la, depois vamos conversar um pouquinho sobre a quimio, tudo bem?

Respirei fundo e balancei a cabeça, negando.

— Antes disso, preciso falar uma coisa, doutor. Na verdade, vim aqui apenas para agradecer e dar uma satisfação. Decidi não fazer o tratamento — soltei de uma vez, deixando-o atônito.

— Mas, Malu...

Eu o interrompi:

— Não posso passar por isso sozinha, doutor. Minha melhor amiga perdeu o marido para a mesma doença. Minha família não fala comigo. Não posso impor meus problemas aos meus outros amigos. Nem pintar, eu posso mais. Que tipo de vida vou levar? Exausta demais para fazer qualquer coisa... Sofrendo, com dores... Dependendo dos outros para levantar todos os dias... E ainda correndo o risco de ser tudo em vão. Mesmo que eu não morra, não poderei mais fazer a única coisa que amo. Não posso.

Em choque, o médico explicou sobre o tratamento, me mostrou gráficos e tabelas, e usou todos os recursos para me convencer do contrário, mas eu já estava decidida. Preferia sacrificar uma existência vazia como a minha em prol da felicidade e do bem-estar das pessoas que mais amava. Uma das coisas que aprendi ao descobrir que estava com leucemia foi valorizar o amor que sentia por aqueles que mereciam. E que, muitas vezes, para alcançar a felicidade é preciso dizer adeus.

— Doutor, pensei muito sobre isso. Não quero morrer assim. Quero aproveitar o resto dos meus dias sentindo o sol, o cheiro do mar e ouvindo o barulho das ondas.

Ele suspirou, desanimado, como se tivesse perdido uma batalha.

— Sinto muito — eu disse.

— Eu também, Malu. Você é tão jovem... — Segurei as mãos dele.

— Quanto tempo eu tenho? — perguntei, direta.

— Não tenho como precisar. Sem tratamento, semanas, talvez. O tipo de leucemia que você tem pode avançar rapidamente.

— Pode me prescrever algo para dor, febre ou qualquer outro sintoma que eu venha a apresentar? Apenas para que o... final seja menos doloroso?

Ele fez que sim e preencheu a receita, parecendo abatido.

— Você sabe que pode vir me procurar caso mude de ideia, certo?

Acenei, concordando, e peguei a receita.

— Obrigada por tudo. Você é um bom médico e vai salvar muitas vidas. — Ele assentiu, com pesar no olhar, e eu me levantei, colocando a bolsa no ombro. Antes de sair, sorri para ele com carinho.

Com a certeza de que tinha feito a coisa certa, fui para casa. A pé.

* * *

O apartamento de Clara estava em silêncio. Ela devia ter saído com Bruninho para uma das muitas atividades de férias. Eu havia combinado de encontrá-la no fim da tarde, após a consulta, para contar como tinha sido. Isso antes de ter mudado todos os meus planos.

Antes de ir para casa, tinha ido ao escritório de advocacia de um amigo da faculdade que se formara com o Rafa. Queria fazer um testamento, pois não queria que meus pais herdassem nada do que eu havia conquistado, mas não queria que o Rafa soubesse disso.

E eu tinha certeza de que, se pedisse ao Léo, ele iria insistir para que eu contasse o que estava acontecendo e depois diria tudo ao Rafa.

O advogado havia me pedido alguns documentos que estavam em uma prateleira, no alto, e eu estava em cima de uma escada quando ouvi a campainha da casa da Clara. Estranhando, desci da escada, deixando a caixa de documentos sobre a mesa e abri a porta, deparando com o Léo.

Ele pareceu assustado e eu diria até um pouco constrangido ao me ver.

— Oi, Malu — ele me cumprimentou, mas, ao ver minha expressão de cansaço, seu rosto ficou sério. — Ei, está tudo bem?

— Sim, eu estava lá nos fundos pegando uma coisa no alto. Fiquei um pouco tonta com a escada, mas estou bem. — Sorri para ele, que pareceu acreditar. — O que está fazendo aqui? Não sabia que você e a Clara estavam se vendo.

Ele olhou para a porta dela e de volta para mim, com uma expressão confusa.

— Hum... eu... vim te ver — ele falou, hesitante. Arqueei a sobrancelha e ele continuou: — Acho que me confundi com o apartamento.

— Faz muito tempo que você não vem aqui. Entra. — Abri a porta para que ele pudesse entrar.

— Faz mesmo — ele respondeu, sentando-se no sofá da sala.

— Aconteceu alguma coisa? — perguntei, curiosa.

— Você tem falado com o Rafa?

— Estive no escritório hoje pela manhã. Por quê? Aconteceu alguma coisa?

Ele passou a mão pelos cabelos, parecendo preocupado.

— Não leve a mal o que vou falar, mas tenho estado preocupado com vocês dois.

— Por quê? — questionei, receosa com o que ele iria dizer.

— Poxa, Malu, é nítido que vocês se gostam e...

Interrompi suas palavras, antes que ele pudesse continuar.

— Léo — ergui a mão, quando ele abriu a boca —, está tudo bem entre nós. O Rafa está namorando, e eu vou viajar.

— Viajar? Para onde? O Rafa já sabe dessa viagem?

— Sabe, sim — respondi, sentindo um nó na garganta.

Não podia chorar. Não podia chorar. Não podia chorar.

— Ele... está de acordo com isso?

— Ele precisa estar de acordo? Minha decisão já está tomada. Até a passagem está comprada — falei, sem explicar que era só de ida. — A viagem é importante para mim, Léo. O Rafa está feliz com a namorada. Eu estou... bem. — As palavras saíram com dificuldade, já que eu não estava nada bem. Abri um sorriso que eu sabia que não chegaria aos olhos. — Agradeço a sua preocupação, mas não tem motivo para isso.

Ele ficou me olhando por um tempo, em silêncio.

— Tem certeza? — perguntou.

— Tenho, sim.

Ele assentiu, aproximou-se de mim, beijou meu rosto e disse:

— Malu, estou aqui para o que você precisar, viu? Sou amigo do Rafa, mas seu também. Não se esqueça disso.

Assenti, com os olhos marejados. Desde que haviam descoberto a doença, estava muito sensível emocionalmente.

— Obrigada, querido.

Ele piscou para mim e saiu. Minhas pernas estavam trêmulas, meu coração, acelerado, mas eu tinha total convicção do que iria fazer.

Fui procurar algo para comer antes que a Clara chegasse. Sabia que teria muito a explicar a ela e precisaria de energia para isso.

22

*"Comprimidos aliviam a dor,
mas só o amor alivia o sofrimento."*
PATCH ADAMS – O AMOR É CONTAGIOSO

M A L U

O início da noite chegou rápido, talvez rápido demais. Clara chegou com Bruninho dormindo em seu colo.

— Coloca ele lá na minha cama — sugeri a ela, que assentiu e foi para o meu quarto.

Eu estava enrolada numa manta verde com flores vermelhas, no canto do sofá, tremendo de febre. Minhas articulações e minha cabeça doíam, mas meu coração estava leve, por ter feito o que achava certo. Sabia que a conversa que eu teria com a Clara seria difícil, talvez a mais difícil que já tivéramos até então, mas era necessária. Seria melhor para todos, inclusive para ela no futuro.

Ela voltou para a sala com um sorriso no rosto, sentando-se ao meu lado. Levou um susto quando tocou na minha testa.

— Você está queimando!

— Estou bem, já tomei um antitérmico.

— Mas...

— Senta, Clara. Preciso conversar com você.

Ela me olhou, tensa, mas fez o que eu pedi. Fechei os olhos, buscando coragem dentro de mim para prosseguir. Então, me lembrei de que estava fazendo isso pela felicidade das pessoas que mais amava: ela, Bruninho, Gabe... e Rafa.

— Estive no consultório do Dr. Danilo. Talvez você não vá entender o que vou falar agora, mas é a minha decisão. Eu a tomei com consciência de que é o melhor para mim e para todos.

— Você está me assustando — ela disse com a voz grave.

Respirei fundo.

— Decidi não fazer o tratamento.

— O quê? — ela gritou, ficando de pé. — Você está louca?

— Clara, não! Sente-se, por favor — pedi e esperei até que ela atendesse ao meu pedido.

— Você conversou com o Rafa? Duvido que ele vá permitir isso...

— O Rafa não manda em mim, Clara — falei, e ela ficou em silêncio. — Desculpe. Me deixa explicar? Por favor?

Ela passou as mãos pelos cabelos claros e acenou, concordando.

— Bem, eu não contei ao Rafa que estou doente. Ele não sabe e quero que continue assim. Andei pesquisando e conversei com o Dr. Danilo. O tipo de leucemia que eu tenho não é comum em pacientes na minha idade e, por eu ser fumante e trabalhar com tantos produtos químicos, minha condição é mais grave. Existe uma enorme possibilidade de que eu nunca mais possa segurar um pincel, como efeito colateral da quimio. Não quero isso para mim, Clara. — Meus olhos ficaram cheios de lágrimas. — Não posso viver como uma inútil.

— Você jamais será uma inútil, Malu.

— Amiga, não tenho família. Meus pais não querem saber de mim, mesmo cientes de que estou doente.

— Você falou com eles? — Ela arregalou os olhos.

— Liguei para o meu pai, e ele nem quis saber o que eu tinha.

— Meu Deus! Não sei o que seu pai tem na cabeça.

— Além de não ter família, minha única paixão e habilidade, a arte, não será mais uma opção para mim. O que eu vou fazer com a minha vida, Clara? Ficar encolhida no sofá, olhando para as paredes e me lembrando do passado? Nem fumar, eu posso.

Olhei para ela, que estava com o rosto coberto de lágrimas. Eu não podia dizer que o que ela havia passado com o marido era um dos motivos para eu estar desistindo do tratamento, porque ela se sentiria culpada. Não podia fazer isso com a minha amiga.

— Então decidi que não quero passar pelo tratamento doloroso sem garantia de cura ou de que a minha vida vai voltar ao normal.

Enxuguei uma lágrima que teimava em cair.

— Quero chegar ao final disso com dignidade, Clara. Sem sentir pena de mim mesma, sem sofrer, nem fazer os outros sofrerem.

Nós duas estávamos chorando, minhas mãos grudadas nas dela.

— E o que... o que você vai fazer? — ela perguntou, num fio de voz.

— Vou viajar — disse, fungando. — Vou tentar superar meus medos e visitar a praia mais linda do mundo.

— Você... vai quando?

— Semana que vem. Não fique assim, por favor. Eu já deixei tudo organizado. Tudo mesmo — falei, num sussurro, limpando as lágrimas dela. — Mas quero fazer uma festa de despedida. Quero que seja como nos velhos tempos, com amigos, música e bebida. Uma festa para brindar à vida, não importa quanto tempo ela dure.

E, quando eu partir, quero que as pessoas se lembrem dessa Malu: alegre, pra cima, festeira. Quero que vocês guardem na lembrança apenas os momentos bons que compartilharam comigo.

— Não consigo acreditar que você está desistindo.

— Não estou desistindo, amiga. Estou escolhendo o caminho que acho melhor para mim e para aqueles que amo.

— O Rafa vai ficar devastado.

— Ele vai superar. Começou a namorar uma menina, está apaixonado. Ela vai apoiá-lo.

— Ele o quê?

— Shh... Não quero mais falar nisso. Por favor, Clara. Tenho três pedidos para você: primeiro, que me ajude com a festa. É uma festa de celebração à vida, que vivi intensamente. Meu segundo pedido é que o Rafa não saiba de nada. Ele tem que achar que está tudo bem, assim como o Léo. A única coisa que eu disse a ele é que vou aproveitar a viagem para fazer um check-up.

— E o terceiro pedido?

— Que você seja feliz. Dê chance para um cara legal se aproximar de você e cuidar de vocês dois. Ou ao tal cara do seu passado, com quem você sai toda semana. Você merece ser feliz. É a melhor pessoa que eu conheço.

Estendi os braços para ela, que me abraçou com força.

— Amo você, minha amiga — ela disse em meu ouvido, e fechei os olhos, tentando controlar o turbilhão dentro de mim.

— Eu também te amo. Você é a irmã que não tive. Quero que fique bem. — Acariciei os cabelos dela, tentando acalmá-la.

Ficamos assim, abraçadas, até que a emoção da nossa conversa cobrou seu preço e meu corpo foi ficando mais e mais cansado, até eu cair num sono profundo.

* * *

Acordei no meio da noite, sentindo alguém me olhar.

Gabe estava parado ao lado da cama, chorando. Desde que eu ficara doente, ele e Clara tinham as chaves da porta para poderem entrar e sair com mais facilidade, já que estavam cuidando de mim.

— Oi — murmurei, sentindo um aperto no peito. Odiava magoar as pessoas que amava, mas era para o próprio bem delas.

— Oi — ele respondeu, baixinho, ainda preso a mim. — Não consigo acreditar que você vai fazer isso — ele disse, com a voz embargada.

— É o melhor...

— Perder você não é o melhor para nenhum de nós.

— Já parou para pensar que me ter pela metade, sofrendo e magoada, será ainda pior? — perguntei, ainda num sussurro.

— Eu sei. Mas não consigo aceitar que a vida tenha feito isso com você. Logo com você, Malu.

Mais lágrimas desciam dos olhos dele, e estendi a mão até seu rosto, enxugando-as.

— Quero que você me prometa uma coisa.

— Qualquer coisa, Malu. Tudo que você quiser.

— Que vai se permitir amar novamente.

— Mas, Malu...

— E ser amado. Alguém com bom coração e que te mereça. Promete que não vai deixar que a minha escolha tenha sido em vão. Vai viver intensamente todos os momentos da sua vida sem desperdiçá-la, amaldiçoando seu destino por não ser aquilo que você imaginou. Coisas boas estão por vir para você, Gabe. E quero que prometa que não vai deixar a amargura tomá-lo. Que vai se manter essa pessoa de bom coração. Promete?

— Mas, Malu...

— Promete?

Ele suspirou e assentiu.

— Prometo. Mas nunca vou te esquecer.

— Não me esqueça. Mas lembre-se de mim dançando com você. Sorrindo. Sendo feliz.

Sorri para ele, nós dois estávamos chorando. *É o melhor*, pensei comigo mesma. *É assim que tem que ser.*

— Eu te amo, Malu.

— Eu também, querido. Eu também.

23

"Que a força do medo que tenho não me impeça de ver o que anseio".

OSWALDO MONTENEGRO

RAFA

Passei boa parte da noite em claro, me revirando na cama e olhando para a parede. Algo estava errado. Era como se o mundo tivesse virado de cabeça para baixo num estalar de dedos. De repente, eu estava preso num relacionamento que nem queria, e a garota que mexia comigo de verdade ia fazer uma viagem sem previsão de retorno. Minha vontade era apertar um botão e rebobinar a minha vida. Queria fazer as coisas de forma diferente, mas cheguei a um ponto em que já não sabia mais como. Logo eu, o cara corajoso, que sempre soube o que queria e como fazer para conquistar, tinha medo demais de tomar a atitude certa. Dizer que eu estava confuso era um eufemismo. *Eu estava fodido.*

Uma batida à porta do meu escritório me afastou dos meus pensamentos. Léo entrou, preocupado.

— Ei, está tudo bem? — perguntei enquanto ele se sentava.

— Estou um pouco preocupado. Você tem falado com a Malu? — ele perguntou, me pegando de surpresa.

— Falei ontem. Ela me disse que vai viajar.

— Sim, estou sabendo. Parece que vai fazer uma reunião de despedida no final da semana — Léo respondeu.

Balancei a cabeça e senti aquele estranho nó no estômago.

— Ela me mandou uma mensagem de texto falando sobre a tal reunião.

— Achei muito estranha essa viagem repentina — Léo falou, me observando com atenção.

— Eu também, mas ela disse que quer tentar superar seu medo. Você sabe para onde ela vai?

— Não, ela só disse que vai viajar para fora do país. Tem certeza de que essa história de namorar é o que você quer? Ainda não é tarde para voltar atrás — ele disse, e eu balancei a cabeça. Estava tão confuso que não sabia o que responder.

— Não sei, Léo. Mas acho que talvez a viagem da Malu seja boa para mim. Um afastamento vai me fazer enxergar melhor o que sinto.

Ficamos alguns segundos nos encarando quando ele, finalmente, balançou a cabeça, concordando, e se levantou.

— Só espero que não seja tarde demais quando você descobrir isso — ele disse num tom sério, e acenou um até logo, saindo da sala.

— Eu também, cara. Eu também.

* * *

Fui jantar com a minha mãe. Como era de se esperar, ela já tinha chegado e estava me aguardando, em seu restaurante preferido no clube, como tínhamos combinado havia algumas semanas. Minha mãe era extremamente pontual e apreciava que fizessem o mesmo por ela.

— Espero não estar atrasado — falei, olhando no relógio antes de dar um beijo em seu rosto.

— Não, querido. Acabei de chegar também — ela respondeu, sorrindo.

Não nos víamos desde a noite de Natal, e eu estava me sentindo especialmente melancólico, com vontade de conversar com ela.

— Como estão as coisas no trabalho? — ela perguntou, após pedir a bebida ao garçom.

— Está tudo bem. Desde a promoção, tenho conseguido casos mais interessantes — falei, olhando o cardápio.

— E como está a Malu? Achei que ela viria com você.

Seu comentário me surpreendeu, e eu levantei a cabeça, encarando-a.

— Por que, mãe?

— Porque ela é a sua namorada, não? — Minha mãe sorriu.

— Não, não é.

— Como não? — ela perguntou, confusa. A expressão dela era um espelho da minha, mas por motivos diferentes.

— Achei que você não aprovasse a Malu.

— Por que não aprovaria? Ela faz você feliz. É nítido que você fica completamente diferente ao lado dela.

— Diferente?

— Rafael, meu filho, você está sempre sério, com a testa vincada, como agora. — Ela estendeu a mão e passou o dedo entre as minhas sobrancelhas. — Às vezes, tenho a sensação de que você carrega o peso do mundo nas costas.

Ela fez uma pausa e deu um sorriso.

— Mas, quando você está com a Malu, sua expressão muda. Ela faz você rir, seus olhos brilham e dá para ver que gosta de você. Me surpreende que nunca tenha notado isso.

— Nós somos amigos, mãe.

— Amigos que se amam, como um homem ama uma mulher e vice-versa? Sei que vocês têm um casinho — disse, num tom de brincadeira, rindo.

— Não é bem um casinho, mãe. — Pela primeira vez, minha mãe conseguia me deixar sem jeito.

— Ah, como vocês, jovens, chamam hoje em dia? — Ela esperou o garçom servir água tônica para ela e vinho tinto para mim. Fizemos nossos pedidos e ele se afastou. — Vocês ficam? São amigos coloridos? — Sua risada era contagiante, como eu não ouvia em anos. — Querido, seus olhos me dizem que você está apaixonado por ela. E, pelo que vi no Natal, ela também está por você.

Fiquei em silêncio por alguns segundos.

— Essa coisa de amor não é para mim.

— Por que não? — ela perguntou, assustada.

— Olha o que o amor pelo papai fez com você, mãe... sei que sofre com o comportamento dele. Não quero isso para mim.

— Rafael, não foi o amor pelo seu pai que fez isso comigo. — Ela deu um gole na bebida. — Acho que preciso contar uma história para você. Jamais imaginei que pensasse assim... que o amor destrói alguém.

— Se não é o amor que destrói, o que pode ser? Porque sei que você não é feliz.

| 190

Minha mãe inspirou profundamente e deu um suspiro antes de começar a falar.

— O casamento com seu pai nada mais era do que um acordo entre famílias, Rafael. Uma espécie de casamento de conveniência. Eu não o amava, nem ele me amava. Mas aceitamos nos casar para que pudéssemos ter o que queríamos: eu, um casamento respeitável e um filho, e ele, uma esposa de boa família. Naquela época, isso era muito normal entre pessoas da alta sociedade. Além disso, eu já tinha encontrado o amor da minha vida.

Ela afastou discretamente uma lágrima que caía do canto do seu olho enquanto eu a observava, boquiaberto.

— Conheci o Rafael quando tinha dezoito anos. Ele era amigo do meu irmão mais velho. Foi amor à primeira vista. Você, obviamente, recebeu esse nome em homenagem a ele.

— E o que aconteceu?

— Nós nos apaixonamos, fizemos planos, fomos felizes. Até que ele sofreu um acidente de carro e morreu na hora. Eu fiquei arrasada, Rafael. Fiquei um ano presa em casa. Não queria mais viver. Foi muito difícil. — Ela suspirou. — Pouco a pouco, fui retomando a vida, mas jamais o esqueci. E me fechei para relacionamentos. Até que meu relógio biológico despertou. Eu precisava ter um filho para amar. Então, seu pai me pediu em casamento e acabei aceitando. — Seus olhos estavam brilhantes e doloridos. — Desisti de encontrar um grande amor, já que ninguém poderia substituir a pessoa que eu havia perdido, e decidi me dedicar só a você.

Ela abriu um sorriso e segurou minha mão sobre a mesa. Ficamos ali por algum tempo, enquanto eu tentava assimilar tudo aquilo.

— Seu pai não me fez infeliz, filho. Ele me proporcionou

uma boa vida e cumpriu com o nosso acordo. Eu não fui capaz de amá-lo. Infelizmente.

— Uau... — murmurei, ainda atordoado.

— Por isso, não lute contra seus sentimentos. Você não sabe até quando terá a pessoa que ama ao seu lado. A Malu é diferente, é exuberante e te ama. Isso está claro há muitos anos. E sei que você sente o mesmo. Dê a si mesmo uma chance de ser feliz ao lado da mulher que você ama, meu filho. Pare de lutar, antes que seja tarde demais.

O garçom nos interrompeu, servindo o jantar, e, apenas quando ele foi embora, minha mãe voltou a falar.

— Você a ama, não é? — ela perguntou, e eu fechei os olhos.

A imagem de Malu me veio à mente em inúmeros momentos: a primeira vez que a vi, perdida na faculdade, dançando na praia em seu aniversário de dezenove anos, com os olhos brilhantes na primeira vez que fizemos amor... eu me dei conta de que tudo aquilo que ela despertava em mim era amor, puro e simples. Ela trazia à tona o melhor de mim, e eu era um idiota por lutar contra aquele sentimento.

Com um suspiro, abri os olhos e sorri para minha mãe, que ainda esperava pela minha resposta.

— Sim, mãe. Eu a amo.

— Acho que você já sabe o que fazer. — Ela piscou, e eu sorri, me sentindo leve. Eu só precisava convencê-la a não viajar. Não sem mim.

24

"Eu dirigi por vários quilômetros e acabei diante da sua porta. Tive você por tantas vezes, mas, de alguma forma, quero mais".

MAROON 5 – SHE WILL BE LOVED

R A F A

Saí do restaurante com a minha mãe muito tarde. Fui à casa de Malu, mas suas luzes estavam apagadas e eu não quis entrar com a minha chave. Queria encontrá-la acordada e disposta a me ouvir, e não sonolenta.

Fui para casa, pensando que também precisava conversar com a Lizzie. Ela era uma boa menina e seria injusto da minha parte brincar com seus sentimentos.

Em casa, tomei um banho demorado, me sentindo, pela primeira vez em muito tempo, no caminho certo. Aquele medo e aquela angústia que me perseguiam havia muito tempo não estavam mais ali; tinham dado espaço para um sentimento novo. Algo assustador, mas que, ao mesmo tempo, aquecia minha alma e me fazia sentir que eu tinha encontrado o meu verdadeiro lugar. O meu lar.

Enrolado na toalha, fui para o meu quarto, pensando na Malu. Estava determinado a convencê-la de que o que tínhamos era muito mais do que bons momentos entre amigos. Ela seria minha. De verdade.

Deitei na cama e fechei os olhos, minha mente vagando por vários momentos felizes que ela me havia proporcionado. *Como eu nunca havia enxergado isso? Como eu podia ter me equivocado tanto com os meus sentimentos?* Eu só esperava que pudéssemos recuperar o tempo perdido.

Pouco a pouco, fui envolvido pelo sono e minha última lembrança, antes de adormecer, eram as flores coloridas do ombro dela.

* * *

O dia estava nublado, mas nada iria tirar o meu bom humor. Passei a manhã preso no fórum, com duas audiências complicadas. Depois tinha um almoço com um cliente e reuniões no escritório em seguida. Organizei-me para sair por volta das seis para conversar com a Lizzie e depois iria ver a Malu. Léo entrou na minha sala.

— Já está saindo? — ele perguntou, estranhando por eu estar saindo pelo menos duas horas antes do normal.

— Sim, vou passar na Lizzie e, mais tarde, na Malu. — Léo fez uma careta e eu abri um sorriso. — Você deveria me perguntar o que vou fazer lá.

— Para você dizer que vai insistir em namorar a rainha da virtude e depois vai tentar dar uns pegas naquela que esquenta seu sangue? — ele debochou, e joguei minha bolinha antiestresse nele.

— Não, idiota. Vou terminar com a Lizzie. — Abri um enorme sorriso. — E tentar convencer a Malu a desistir da viagem.

Léo pareceu aliviado.

— Até que enfim você colocou juízo nessa cabeça dura!

Peguei a minha pasta e apertei a mão dele antes de sair.

— Obrigado por me ajudar a enxergar as coisas.

— Boa sorte, cara. Vai buscar sua garota, pois vocês dois merecem ser felizes.

* * *

Cheguei ao café e vi a Lizzie no caixa. Ela era doce e delicada, os cabelos loiros ondulados e os olhos azuis. Estava atendendo uma senhora, muito gentil, como sempre. Observava-a de longe, esperando que olhasse em minha direção, e dentro de mim cresceu a certeza de que a Lizzie não era a mulher certa para mim. Ela merecia encontrar alguém que a amasse e desse a ela tudo o que merecia. Que respeitasse sua doçura e sua inocência. Que colocasse a felicidade dela acima de tudo.

Alguns minutos depois, ela me viu sentado a uma mesa, sorriu e acenou, indicando que logo viria me encontrar. Sorri, concordando, e tomei o café que um garçom veio me servir. Enquanto esperava, li meus e-mails e adiantei um pouco do trabalho acumulado.

— Que surpresa! Não sabia que você viria — Lizzie falou baixinho e sorriu, sentando-se à mesa.

— Desculpe vir sem avisar. É que eu precisava conversar com você.

— Está tudo bem? — Seu tom parecia preocupado.

— Não vejo uma forma melhor de falar a não ser sendo muito sincero.

Ela colocou uma mecha de cabelo atrás da orelha e me encarou.

— Pensei muito, Lizzie. Você é uma menina muito especial.

— Mas... — ela falou, e notei seu lábio inferior tremer levemente.

— Você lembra que eu falei que saía com uma amiga às vezes? Que éramos muito amigos, mas nada além disso?

— Sim.

— Passei os últimos dias avaliando os meus sentimentos. E cheguei à conclusão de que não seria justo comigo, com ela e principalmente com você se eu investisse num relacionamento tendo sentimentos profundos por outra pessoa.

— Você a ama, não é? — ela perguntou, os olhos úmidos, mas sem deixar as lágrimas caírem.

Sem coragem de magoá-la ainda mais, eu assenti e não disse nada. Ela sorriu com tristeza.

— Eu sabia que não daria certo, Rafa.

— Não quero te magoar, Lizzie. — Segurei as mãos dela enquanto falava. Aquelas palavras vinham do fundo do meu coração.

— Eu sei. Você merece ser feliz, Rafa. Vou ficar bem.

Ela estava se esforçando para ser forte e, ainda segurando suas mãos, falei:

— Você também merece, Lizzie. É uma das melhores pessoas que conheço, com o coração mais bondoso e puro. Você vai encontrar a pessoa certa.

Ela balançou a cabeça, soltou as mãos e se levantou da mesa.

— Desculpe, preciso voltar ao trabalho.

— Claro. — Levantei também, e ela sorriu. — Espero que você não corte relações comigo.

Ela veio até mim e me abraçou com carinho.

— Jamais teria coragem de cortar relações com você, Rafa. Você sempre foi honesto comigo. Mesmo quando seria mais fácil fugir, agiu como um homem de verdade e veio me dar satisfação.

Beijou a minha bochecha e se afastou.

— Seja feliz — ela disse e foi para o caixa sem olhar para trás.

* * *

Eram quase oito da noite quando cheguei à casa da Malu. Abri a porta, mas o apartamento estava em silêncio e escuro. Fui até a casa da Clara e toquei a campainha. Para o meu deleite, Malu atendeu.

— Rafa? — Ela estava surpresa.

— Oi. — Me aproximei, sentindo meu coração acelerar e o suor acumular nas palmas das mãos. Beijei seu rosto e abracei sua cintura, me espantando novamente com quanto ela havia emagrecido. — A gente pode conversar?

Ela me olhou indecisa, e Clara apareceu na porta, também surpresa ao me ver.

— Oi, Rafa. Está tudo bem?

— Oi, Clara. — Eu me afastei da Malu e beijei nossa amiga no rosto. — Tudo bem. Será que eu posso roubar a Malu um pouquinho?

Ela sorriu, mas balançou a cabeça, negando.

— Desculpa, Rafa. A gente precisa finalizar as coisas da festa de sábado. Você vem, não é?

Observei-a com mais atenção. Malu parecia estar bastante cansada, cheia de olheiras, sem o habitual brilho no olhar.

— Claro, mas eu queria conversar com você sobre a viagem. Por favor, é importante.

Ela acenou com a cabeça, parecendo desanimada. Algo não estava certo.

— Podemos conversar no sábado? Hoje e amanhã estamos terminando de organizar as coisas.

Não era o ideal, mas pelo menos seria antes da viagem.

— Tudo bem, mas realmente nós precisamos conversar. Você está bem? Parece abatida.

— Estou cansada e sentindo os efeitos da falta do cigarro.

Sorri para ela, orgulhoso por estar tentando parar. Malu se aproximou e me deu um abraço apertado. Senti o cheiro do seu perfume doce me envolver, e a saudade preencheu todos os espaços vazios na minha alma.

Ela falou tão baixinho que quase não consegui ouvi-la.

— Vai trazer sua namorada no sábado?

Apertei-a um pouco mais em meus braços, sentindo a maciez do seu corpo, e sussurrei em seu ouvido:

— Não, linda. Não estou mais namorando. E a gente precisa muito conversar. — Dei um beijo suave em seu pescoço e senti sua pele se arrepiar.

Ela se afastou o suficiente para olhar em meus olhos e sorriu.

— Tudo... tudo bem. — Mordendo o lábio, ela não tirou os olhos dos meus, e eu roubei um beijo delicado, nada parecido com o que estávamos acostumados a trocar.

— Nos vemos no sábado — eu disse e entrei no elevador, que abriu as portas no exato momento em que apertei o botão.

Malu continuou parada em frente ao elevador e, quando as portas se fecharam, levei comigo a imagem dos seus lábios cheios do meu beijo e da respiração entrecortada.

Sábado seria um dia perfeito.

25

"Hoje a tristeza não é passageira, hoje eu fiquei com febre a tarde inteira. E quando chegar a noite cada estrela parecerá uma lágrima."

RENATO RUSSO

M A L U

Quase não tinha dormido à noite, lembrando a visita surpresa do Rafa. Fui tão pega de surpresa com sua chegada, com suas palavras, que mal consegui esboçar uma reação. Aquilo desestabilizou o pouco de equilíbrio que ainda me sobrava. Clara e Gabe estavam ajustando os detalhes da festa enquanto eu estava enrolada no sofá, cansada demais para fazer qualquer coisa. Eles estavam resolvendo algo no telefone, então, quando a campainha tocou, fui me arrastando até a porta para atender e deparei com ele.

Depois que ele foi embora, a Clara perguntou se eu queria repensar a viagem e, apesar de ter ficado balançada, respondi que não. Não, eu não podia fazer isso com as pessoas que eu amava.

Fiquei mais um tempo na casa da Clara e, então, pedi licença para voltar para a minha. Gabe disse que ia dormir lá, mas pedi a ele que fosse para casa descansar. Eu realmente precisava ficar sozinha, ouvindo apenas meus próprios pensamentos.

Então, sozinha pela primeira vez desde que esse pesadelo tinha começado, desabei. Chorei por tudo aquilo de que eu iria abrir mão, e por tudo o que eu jamais conseguiria ter. Chorei pela perda do grande amor da minha vida, que talvez nem soubesse que eu o amava. Não com essa profundidade, não desse jeito.

Sim, eu o amava com todo o meu coração. Olhando dentro de mim, eu me dei conta de que tudo isso que estava fazendo era, em grande parte, em nome desse amor. Estava abrindo mão do fiapo de vida que me restara para poupá-lo do sofrimento e da dor da perda.

Passei quase a noite inteira acordada, repassando todos os nossos encontros. Deitada na minha *chaise*, agarrada à pulseira, chorei por mim, por nós, pelo que não tínhamos e por tudo o que não teríamos.

Vi o dia chegar com um belíssimo nascer do sol e, quando senti meu corpo tremer mais do que o normal, fui me arrastando para a cama, ainda com ele em meus pensamentos, até mergulhar na escuridão.

* * *

Abri os olhos lentamente, sentindo a cabeça doer muito. O quarto estava escuro, com a cortina fechada, e senti um toque frio na testa.

— Graças a Deus, você despertou — Clara murmurou, aliviada. — A febre está cedendo.

— O que... o que... — comecei, mas não consegui concluir.

Meus lábios estavam rachados, e a garganta, ressecada.

Ela pegou um copo de água na mesa de cabeceira e levou até meus lábios, falando enquanto eu bebia.

— Cheguei aqui às nove para te chamar para o café da manhã e você estava queimando em febre. O Dr. Danilo falou comigo ao telefone e me orientou para que eu fizesse compressas e te desse um Paracetamol. Tem quase uma hora que consegui fazer com que você tomasse o remédio. Agora a febre está cedendo.

— Que horas são? — perguntei, procurando um relógio.

— Quase duas da tarde — ela respondeu, tirando a compressa da minha testa. — Fiquei muito preocupada. Não sei por que você teve essa febre tão alta se ontem estava relativamente bem.

Então, eu me senti culpada ao lembrar que passara a noite quase toda na varanda.

— Desculpe — murmurei, e ela demonstrou não entender o que eu queria dizer. — Fiquei muito tempo na varanda. Eu estava com a manta, mas acho que estava mais frio do que eu imaginava.

Ela me abraçou com força e beijou minha testa.

— Você não tem que se desculpar por nada, amiga. Sei que não é fácil perder certos hábitos. Fiquei preocupada com a possibilidade de que você estivesse assim por causa da visita do Rafa ontem.

— Por quê?

— Sei que você ficou balançada. — Ela sorriu para mim. — O que será que ele quer conversar?

— Não sei... onde está o Bruninho? — perguntei, ansiosa para mudar de assunto.

Pensar no Rafa me fazia sofrer e eu precisava me manter equilibrada, para que a festa corresse bem, conforme tinha planejado.

— Na colônia de férias.

Sorri, pensando no garotinho. Nunca tive muito contato com crianças, mas o Bruninho conquistou meu coração com seu jeito engraçado e seus abraços com as mãozinhas meladas.

— Ainda tem café? — perguntei, rindo e fazendo aquilo que sempre soube fazer muito bem: fingir que nada estava errado.

— Claro. — Ela saltou da cama e me ajudou a levantar. Fui para o banheiro enquanto ela seguia para o corredor. — Enquanto você escova os dentes, vou passar um fresquinho e fazer um misto-quente para você.

R A F A

Eram quase nove da noite quando consegui ir para a festa da Malu. Clara tinha enviado uma mensagem avisando que fariam a reunião no bar do Tito, aquele mesmo em que ela havia trabalhado por um tempo antes de se dedicar só à pintura. Depois de uma reforma, o boteco estava mais moderno, com música ao vivo, e tinha virado um novo point.

Para a ocasião, o bar estava reservado para a Malu.

Enquanto estava no elevador, enviei uma mensagem para ela.

Precisa de carona? Posso passar para te buscar.

Rapidamente, ela respondeu:

Oi, querido. Não precisa. O Gabe vai me levar.
Nos vemos mais tarde. Beijos <3

Droga. Esse cara sempre se metendo onde não era chamado.

Esperava conseguir convencê-la a mudar de ideia sobre a viagem. Meu coração estava tão cheio de expectativas e esperança que eu mal tinha conseguido dormir nos dois últimos dias.

Tinha conversado com o Léo sobre o que pretendia fazer, e ele me dera a maior força. Disse que a Malu era uma das melhores pessoas que conhecia, e que ele sabia que os sentimentos dela por mim estavam muito além de amizade. Ela me amava com todo o coração, e ele ficava feliz por eu ter finalmente caído na real sobre o que sentia por ela também.

Estacionei numa vaga próxima ao bar e, quando fui até a entrada, senti o coração apertado. A ansiedade e o medo de ela dizer não estavam me consumindo.

Nunca fui um cara de temer qualquer coisa, talvez por isso tenha conseguido chegar tão longe no trabalho, já que sempre fui mais seguro de mim mesmo do que a maioria dos meus colegas, mas aquela situação com a Malu tinha um risco muito, mas muito maior do que qualquer outro que eu já havia corrido.

Entrei no bar e vi vários amigos. Malu era muito querida e todos queriam participar da sua despedida.

Cumprimentei algumas pessoas que não via há muito tempo, e fui até o Léo, que estava sentado numa banqueta no bar, conversando com o Tito.

— E aí, cara? — Apertei a mão do Tito, que sorriu para mim e me estendeu uma garrafa de cerveja. — Léo. — Dei um tapinha no ombro dele, que acenou para que eu me sentasse.

— Como você está? — ele perguntou, enquanto me acomodei ao seu lado.

— Bem, eu acho. Ela já chegou? — perguntei, olhando ao redor.

Meus olhos pararam na porta no exato instante em que ela pôs o pé dentro do bar.

Foi a imagem mais linda e frágil que já vi na vida. Malu usava um vestido de mangas compridas, apesar do calor. O azul-marinho da roupa evidenciava a palidez da pele macia. Suas pernas pareciam mais longas com o salto alto. Seus cabelos estavam soltos, as ondas escuras com mechas avermelhadas caíam nos ombros, despertando em mim o desejo de vê-los espalhados em meu travesseiro. No meu quarto. Na minha cama.

O rosto estava maquiado, como sempre. Ela parecia a Malu que todos nós conhecíamos e amávamos, mas com uma fragilidade mal escondida no olhar. Detectar o que eu imaginava ser um flash de insegurança fez com que eu me sentisse um pouco mais otimista com o resultado da nossa conversa. Isso, provavelmente, significava que ela não queria ir e que, se tivesse um incentivo a mais, iria ficar.

Ela entrou no bar e, logo atrás, o babaca do amiguinho apareceu. Ele me encarou por alguns segundos e, então, acenou com a cabeça, cumprimentando-me. Retribui o gesto, e voltei a olhar para ela. Malu observava o salão como se estivesse procurando alguém, e assim que nossos olhares se encontraram, um sorriso surgiu em seu rosto, que até então estava sério.

Senti um calor aquecer meu corpo e me levantei, seguindo até ela como se estivesse sendo puxado por um ímã invisível, uma força da natureza que não permitia que eu ficasse longe dela em nenhum momento. Ela iluminava tudo ao seu redor e fui ao seu encontro como uma mariposa em busca de luz.

Seus olhos não se afastaram dos meus em momento algum e, quando percebeu que estava caminhando em sua direção, ela fez o mesmo, encurtando a distância entre nós. Enquanto cruzava o espaço que nos separava, desviando-se de pessoas que teimavam em parar para falar comigo, pensei que iria dar certo, que ela aceitaria ficar e seria minha para sempre.

Mas, como num sonho que se torna um pesadelo, Malu parou de repente. Seus olhos se arregalaram e, em câmera lenta, vi seu corpo desabar no chão. Corri até ela, que já estava rodeada de pessoas, enquanto Gabriel gritava para que todos se afastassem. Ao chegar ao seu lado, eu a vi desacordada e com o rosto coberto de sangue. Um medo que jamais senti antes tomou meu corpo.

Não sabia dizer quanto tempo se passara, horas, minutos ou segundos, mas, num piscar de olhos, estávamos dentro de uma ambulância e todos os meus planos desabaram como um castelo de cartas ao vento.

26

"Não ouço nada, apenas a batida do meu coração chamando por ela."
RAFA

R A F A

Chegamos ao hospital, e os paramédicos foram recebidos pela equipe de emergência, que, rapidamente, me tirou do caminho e a levou para uma sala de atendimento. Enquanto os médicos a examinavam, fiquei parado no meio do corredor, olhando pelo vidro da porta. Ela parecia ainda mais frágil sobre a maca, muito pálida e com o rosto sujo de sangue. Eu não podia fazer mais nada por ela.

Senti um aperto leve no ombro e, ao me virar, dei de cara com a Clara, os olhos marejados.

— Como ela está? — perguntou, com as mãos trêmulas e frias.

— Não sei — murmurei. — Levaram lá para dentro.

Quando fui colocar a mão na cabeça, impaciente, ela me impediu.

— Suas mãos estão sujas de sangue. Vem. — Ela me levou até o banheiro.

Estava tão atordoado que nem notei que tinha me sujado.

Lavei as mãos, vendo a água tingida de vermelho, até que todo o sangue escorresse pelo ralo. Lá fora, Clara falava ao telefone.

— Estamos na emergência, Dr. Danilo. A febre havia cedido, ela passou o dia bem. Está certo, vou avisá-los. Obrigada.

Ela desligou o telefone e, quando se virou, levou um susto ao me ver.

— O que está acontecendo? — perguntei, percebendo que eu era o único que não sabia.

— Rafa...

— Clara, o que está acontecendo? — perguntei, novamente, mais aflito.

— Eu... eu preciso dar um recado à equipe médica — ela falou, gaguejando, e acenei, concordando.

— Vou com você até lá.

Ela balançou a cabeça e começamos a andar pelo corredor, lado a lado.

— E, então, você vai me contar tudo. — A expressão dela era de pânico, mas não me deixei comover. — Tudo, Clara.

— Eu prometi... — ela começou, mas eu a interrompi.

— Não me interessa. Alguma coisa séria está acontecendo com a mulher que eu amo e tenho o direito de saber — falei, impaciente. Ela arregalou os olhos e assentiu.

Clara bateu de leve à porta e uma enfermeira veio falar com ela. Murmurando palavras que não consegui entender, Clara explicou algo à moça, que pareceu preocupada e assentiu.

A enfermeira se afastou, mas consegui ouvir o que ela disse para os médicos.

— Ela precisa ser transferida para a oncologia com urgência. LMA.

208

Desconhecia LMA. Mas conhecia a palavra "oncologia". E aquilo era o suficiente para me deixar em pânico. Arregalei os olhos para a Clara, que estava chorando. Eu insisti:

— Que merda está acontecendo, Clara? O que a Malu tem?

— É complicado... — ela começou, mas fomos interrompidos pela movimentação na sala em que a Malu estava. Os médicos empurraram a maca com ela pelo corredor, seguindo na direção do setor de oncologia. A enfermeira que estava conversando com a Clara se aproximou.

— Ela está sendo levada para a emergência. Por favor, aguardem na sala de espera.

— Ela vai ficar bem?

— Vocês são parentes?

— Sou o noivo dela. Os pais não moram na cidade, e ela não tem contato com eles — menti, rapidamente, e a enfermeira assentiu.

— Não tenho como dar mais informações sobre o estado de saúde dela. Mas preciso que fiquem calmos. Assim que eu tiver qualquer notícia, venho conversar com vocês. Ela foi transferida, e o médico que cuida do caso dela já está chegando. — Ela apertou levemente meu ombro e se afastou.

Clara passou o braço ao redor do meu e me levou para a recepção. Mal conseguia assimilar o que estava acontecendo. Só sabia que a Malu parecia estar muito doente, já que tinha até um médico cuidando do seu caso, e eu não sabia de nada.

Na sala de espera, estavam Léo, Gabriel e Hellen, a marchand da galeria.

— Como ela está? — todos perguntaram ao mesmo tempo.

— Foi transferida e o médico dela está chegando — Clara respondeu.

— Você vai me explicar o que está acontecendo agora? — perguntei, irritado, e Clara estremeceu.

— Eu prometi... — ela sussurrou e olhou para o Gabriel, que a incentivou.

— Clara... — ele falou, e ela chorou.

— Não me interessa que merda de promessa é essa. Eu exijo saber o que está acontecendo, Clara!

Léo se aproximou dela e a abraçou.

— Querida, fala. Nós vamos saber de qualquer jeito — ele murmurou para ela, que enxugou o rosto.

— E que história é essa de querida? É mais alguma que eu deveria saber? — questionei, com raiva, e ela empalideceu.

— Ela tem leucemia — Clara falou, e senti como se uma bomba estivesse explodindo em meu peito. — Era para ter começado a quimioterapia essa semana, mas ela não quis.

— O quê?

— Ela não quis, Rafa. Depois de te visitar e ir ao médico, voltou dizendo que tinha mudado de ideia e que não queria se tratar, que ia viajar.

— Mas que merda de ideia é essa? Como vocês permitiram uma coisa dessas?

— Ela estava decidida. Disse que as chances de cura eram pequenas e que ainda corria o risco de ficar sem pintar.

Levantei da cadeira e andei de um lado para o outro da sala, passando as mãos na cabeça, sem conseguir compreender o significado de tudo aquilo. Como eu não tinha notado que havia algo errado? Como não tinha percebido que ela estava tão doente assim?

A culpa invadiu meu peito e comecei a repassar nossas últimas conversas e os momentos juntos. Ela estava emagrecendo a olhos vistos, e eu não dei importância. A palidez da pele e as olheiras profundas deveriam ter me alertado.

Hellen se aproximou de mim, envolvendo minha cintura para me abraçar com força.

— Querido... — ela murmurou, e balancei a cabeça.

— Eu deveria saber, Hellen. Deveria ter percebido — falei para ela, que balançou a cabeça, negando. — Se eu soubesse, ela não teria desistido de se tratar. Eu não teria deixado.

Clara e Gabriel se aproximaram de mim.

— Rafael, ela estava decidida. Tinha muitos argumentos para fazer o que fez, e todos eles, muito válidos. Ela contava com o nosso apoio e inúmeras vezes falamos que você deveria saber — Gabriel explicou, e Clara acrescentou:

— Mas você sabe como ela é. Está sempre se preocupando com as pessoas, procurando alternativas para agradar e deixar todos bem.

— Como eu ficaria bem por ela escolher morrer?

— Nenhum de nós ficou, Rafa. Mas foi a escolha dela.

— Porra... — xinguei baixinho e me sentei de volta na cadeira, devastado.

Passei a mão no rosto e me surpreendi ao perceber que estava molhado de lágrimas.

Demorei anos para eu admitir para meu próprio coração que era apaixonado por ela e, quando finalmente o fiz, corria o risco de perder a mulher da minha vida para um adversário que era muito mais forte que eu.

A morte.

* * *

Não sei precisar quanto tempo se passou até termos notícias. Olhei na direção de Léo e o vi abraçado com Clara. Estava prestes a questionar o que estava acontecendo entre os dois quando um médico passou pelas portas que separavam a recepção da área interna do hospital. Ele parecia cansado e desanimado.

— Dr. Danilo — Clara falou, se levantando e saindo do abraço de Léo. — Como ela está?

Todos nos levantamos para ficar ao redor do médico.

— Agora, estável, apesar de bastante fraca. Vou precisar mantê-la internada, mas o ideal é que ela seja transferida para um hospital especializado.

Decidido a assumir o controle da situação, me apresentei ao médico.

— Doutor, sou Rafael Monteiro. — Estendi a mão para ele, que me cumprimentou. — Eu gostaria de conversar com o senhor e saber o que podemos fazer para que a Malu tenha o melhor tratamento. Quero entender o que está acontecendo com ela e como posso ajudar.

Ele me observou e, então, perguntou:

— Você é da família?

— Sou o cara que vai se casar com ela — eu falei, e todos se viraram para mim, de olhos arregalados.

— Certo, bem, vamos até um dos consultórios, assim poderemos conversar melhor.

O médico me conduziu até uma pequena sala. Meu coração estava tão acelerado pela expectativa que eu quase podia ouvir o som das batidas descompassadas. O médico apontou uma cadeira para mim e se sentou também.

— Eu gostaria que o senhor me explicasse desde o início. A Malu não me contou sobre a doença e proibiu nossos amigos de me contarem. Quero entender o que está acontecendo — eu falei, e o médico assentiu.

— Certo. Bem, Rafael, o quadro da Malu é grave. Ela tem leucemia, um tipo chamado LMA, leucemia mieloide aguda. Esse tipo de leucemia é bastante raro em pacientes da idade dela. Claro que a causa é desconhecida, mas alguns fatores como os produtos químicos que ela usa para pintar e o cigarro contribuem para o desenvolvimento da doença.

Ele suspirou, eu não conseguia me mexer. Estava com as mãos unidas, meu queixo apoiado nelas.

— Ela chegou na semana passada, depois de um desmaio e um forte sangramento no nariz, muito parecido com o que teve hoje. Devido aos sintomas, o setor de oncologia foi acionado e nós fizemos os exames que detectaram a doença. — Ele passou a mão no rosto e tirou os óculos. Sua expressão era de tristeza. — Ela recebeu alta por estar melhor dos sintomas, mas com a recomendação de retornar em poucos dias, para iniciar o tratamento. Na véspera da primeira sessão de quimioterapia, tínhamos marcado uma consulta de orientação. Ela compareceu e disse que tinha decidido não se tratar.

— E o hospital não podia ter feito nada para evitar isso? — perguntei, irado.

— Rafael, entendo sua posição. Foi bastante difícil para mim, como médico, aceitar que uma menina jovem como ela estivesse disposta a abrir mão da possibilidade de cura, permitindo que o câncer levasse a melhor. Mas preciso que você entenda que não posso obrigá-la a seguir com o tratamento. Nem eu, nem ninguém.

— Eu sei. — Suspirei, frustrado. — É que me sinto de mãos atadas.

— Eu entendo.

— Ela ainda tem chances? — perguntei, baixinho, com medo da resposta.

— Preciso que você compreenda que o quadro dela é bastante grave. A LMA é uma doença silenciosa e muito, muito rápida. Em pouquíssimos dias, pode até mesmo causar a morte. — Seu tom de voz era grave. — Há uma semana, indiquei o início da quimioterapia, mas agora, em virtude da gravidade do caso, não vejo alternativa a não ser o transplante de medula.

— Transplante? — Levantei o rosto, passando a mão direita sobre ele, tentando assimilar a gravidade de suas palavras.

— Sim. Precisamos encontrar um doador saudável e compatível.

— Doador? Qualquer um pode doar?

— Geralmente, testamos os familiares, preferencialmente irmãos. A probabilidade de serem compatíveis é de vinte e cinco por cento.

— Ela tem um irmão mais jovem. E os pais?

— As chances de um dos pais ser compatível são bem menores. Cerca de cinco por cento.

— E se nenhum deles for compatível?

— Então buscaremos nos bancos de doadores. O Registro Nacional de Doadores Voluntários de Medula Óssea, que chamamos de Redome, coordena a pesquisa de doadores nos bancos do país e no exterior. Ela também será cadastrada no Registro Nacional de Receptores de Medula Óssea. Com isso, os dados são cruzados e procedemos a uma busca por doadores compatíveis.

— O melhor é que um familiar seja compatível, não é?

— Com certeza. Diminui muito o tempo de espera.

Minha cabeça não parava de trabalhar, pensando em mil coisas que eu teria de resolver.

— Quero que o senhor indique o hospital de referência no tratamento do LMA. Quero que a Malu seja transferida para lá o mais rápido possível.

— Certo. Vou anotar algumas opções. Ela tem plano de saúde?

— Tem, mas eu quero que ela tenha o melhor tratamento, doutor. Mesmo que o plano não cubra. Não vou poupar esforços para salvar a vida dela.

O médico assentiu e anotou no receituário os dados do hospital.

— Vou pedir ao departamento de internação que solicite uma vaga no hospital e que providencie a remoção imediata dela.

— O senhor trabalha nesse hospital?

— Sim. Mas se preferir ser atendido por outro profissional... — ele começou, mas não permiti que o médico concluísse.

— De forma alguma. Quero que o senhor continue cuidando dela — eu falei e, olhando para ele, desabafei: — A Malu é o grande amor da minha vida, doutor. Não posso nem pensar em perdê-la. Preciso que ela se recupere.

— Ela receberá o melhor tratamento, Rafael. Tenha a certeza disso.

— Obrigado, doutor. — Nós dois levantamos, ele estendeu a mão para mim e eu apertei. — Enquanto o senhor providencia a remoção dela junto ao hospital, vou resolver a questão do doador.

— Ótimo. Quanto antes, melhor.

— Doutor, antes de ir, posso dar uma olhada nela? — perguntei, esperançoso. Queria vê-la, ou melhor, necessitava vê-la, me certificar de que ela estava mesmo viva, ainda que sua vida estivesse por um fio.

O médico sorriu para mim e balançou a cabeça, concordando.

— Rapidamente, ok?

— Obrigado — respondi e soltei o ar, que não fazia ideia de que estava segurando.

Em poucas horas, tudo mudou. Passei de esperançoso para desesperado por um milagre. Precisava salvar a vida dela de qualquer jeito, pois, sem ela, a minha vida não fazia nenhum sentido.

O Dr. Danilo me levou até o quarto onde Malu estava. Deitada na cama, coberta por um lençol verde e presa a uma série de equipamentos, ela parecia, se é que é possível, ainda mais frágil e debilitada. Os equipamentos apitavam sem parar, mas eu não ouvia nada além das batidas do meu coração chamando por ela.

Como se também tivesse escutado e seu coração estivesse respondendo ao meu, ela abriu os olhos devagar e piscou de leve ao me ver.

Então me aproximei da cama e nós ficamos em silêncio por alguns segundos, sentindo apenas a presença um do outro. Buscando o calor do seu corpo e como se tivessem vontade própria, minhas mãos acariciaram levemente seus cabelos. Uma lágrima escapou do canto do seu olho e foi capturada pelo meu polegar. Senti um grande nó na garganta e, com a voz embargada, sussurrei para ela:

— Prometo a você que tudo vai se resolver, linda. Vou cuidar de tudo. — Beijei sua testa, completamente emocionado. — E, quando esse pesadelo terminar, faremos uma bela cerimônia para formalizar para o mundo que você é a minha mulher. — Ela arregalou os olhos, e outra lágrima escorreu, também recolhida pelo meu dedo. — Porque, no meu coração, você já é minha.

Acariciei novamente seu rosto, sorri para ela, com meus olhos marejados, e beijei mais uma vez seus cabelos, fazendo uma promessa silenciosa de que a levaria saudável e curada para a minha casa, para que ela soubesse que a amei desde o primeiro momento. E, quando estivesse lá, ela iria saber.

27

"Era tudo silêncio e escuridão. Acabou — meu subconsciente pensava —, chegamos ao fim. Até que, pouco a pouco, senti, mais do que ouvi, as batidas do seu coração chamando por mim."

MALU

M A L U

Abro os olhos lentamente, tentando me acostumar com a penumbra. Olho para o meu lado direito e vejo uma persiana fechada. Sinto meu corpo fraco, cansado e dolorido. Minha cabeça dói e, aos poucos, vou me lembrando dos últimos acontecimentos: Rafa entrando no quarto, segurando minha mão e falando aquelas palavras que aqueceram minha alma. Pouco tempo depois, os médicos me prepararam para que eu fosse transferida para outro hospital.

Na parede à minha frente havia um grande relógio. São quatro horas da manhã de sábado e estou aqui, deitada, nesta cama de hospital. Olho para o outro lado e vejo Rafa sentado na poltrona, os olhos fechados, imerso num sono agitado. Vejo as pequenas olheiras em seu belo rosto, a barba de algumas horas por fazer já despontando, a jaqueta jogada sobre o braço da cadeira.

Observo-o atentamente. Seus cabelos castanhos estão bagunçados de tanto que ele já passou as mãos. As linhas de expressão no rosto, na área dos olhos, aquelas que fazem com que seu olhar sorria junto com os lábios, e nas bochechas, que marcam as covinhas irresistíveis, parecem mais pronunciadas. Penso em quanto sua presença é importante em minha vida e que só estou aqui, nesta cama de hospital, com todas essas coisas presas a mim, por sua causa.

Fecho os olhos, lembrando-me dos momentos que antecederam a internação. Passei mal o dia inteiro, sem contar a ninguém. Meu corpo doía, a cabeça latejava e meus joelhos tremiam, mas fiz aquilo que aprendi a fazer como ninguém: fingi. Fiz de conta que estava bem, que não tinha nada, para não preocupar a Clara e o Gabe. Por fora, eu era o retrato da calma e da tranquilidade. Por dentro, estava desabando lentamente.

Eu sabia que encontraria muitas pessoas, amigos queridos, colegas de faculdade, mas a única pessoa que eu queria ver era o Rafa. Tentei me convencer de que queria apenas me despedir, vê-lo pela última vez, para gravar em minha mente cada pedacinho dele e levá-lo, ainda que apenas nas minhas lembranças, junto comigo. Mas, lá no fundo, meu coração gritava por ele. Meu corpo implorava pelo seu toque, meus lábios ansiavam pelos seus beijos e meu coração batia descompassado, por saber que, por mais que eu o quisesse, ele não seria mais meu.

Ao chegarmos ao bar, eu estava ofegante e me sentindo ainda mais cansada. Parei logo na entrada, sorri para algumas pessoas e não pude evitar olhar ao redor do salão em busca de um par de olhos cinzentos que acalentava minha alma. Então, senti meu coração acelerar, meu rosto aquecer e fiquei olhando aquele rosto que eu tanto amava. Abri um sorriso leve ao vê-lo parecer tão ansioso quanto eu, mas, antes que eu percebesse o que estava acontecendo, tudo se apagou.

Não sei precisar quanto tempo se passou, nem mesmo o que aconteceu. Era tudo escuridão. Acabou — meu subconsciente pensava —, chegamos ao fim. Até que, pouco a pouco, senti, mais do que ouvi, as batidas do seu coração chamando por mim. Lentamente, me forcei a abrir os olhos, libertando-me da escuridão reconfortante e deparei com seus olhos acinzentados, que diziam tudo que eu queria ouvir, sem necessidade de palavras.

E, então, aquilo que eu achava impossível aconteceu. Ele falou com o coração. Colocou para fora todo aquele sentimento profundo, que era o reflexo exato do meu, e me deu o que eu precisava para lutar.

Tudo que eu queria era fazer aquela última viagem, conformada com o que a vida me reservara, mas o Rafa não permitiu. A única coisa que eu precisava para voltar atrás na minha decisão era de um pingo de esperança e foi exatamente isso que recebi. Na verdade, foi como se tivesse recebido um oceano inteiro depois daquela declaração.

E era por isso que eu estava ali, naquela cama de hospital. O Dr. Danilo havia me dito, ao checar meus sinais vitais antes da transferência, que eu teria maiores chances de sucesso no transplante naquele hospital, que era o melhor da cidade.

Olho novamente em sua direção e sorrio ao ver seu peito subir e descer. Só a sua presença já me deixava melhor. Meu olhar viaja por seu corpo, passando pela camiseta preta, seguindo pela calça cinza que abraça suas pernas fortes. Então, ele se mexe e algo o faz abrir os olhos, levantando num salto ao me ver acordada.

— Oi, linda — ele fala, de pé ao meu lado, sua mão me tocando. — Como você está se sentindo? — ele pergunta, ansioso.

— Estou... bem... — respondo, baixinho, sentindo a garganta seca. Ele me olha desconfiado, como se estivesse tentando descobrir se estou escondendo algo. — É sério — respondo, e ele sorri.

— Vou precisar chamar a enfermeira, tudo bem? Ela precisa ver como você está.

— Certo — respondo.

Queria me sentir mais forte para abraçá-lo.

Ele aperta um botão próximo à cama e rapidamente uma enfermeira entra, sorrindo ao me ver acordada.

— Olá, que bom que acordou — ela fala baixo, olhando para mim. — Sou Marisa, enfermeira do turno da noite. Vou precisar checar seus sinais, tudo bem?

Faço que sim, e ela começa a medir minha temperatura, verificar minha pressão e avalia as minhas condições.

— Não está mais com febre — ela fala para mim e sorri. — Isso é um ótimo sinal. Tente descansar o máximo que puder. Amanhã, você vai precisar fazer alguns exames.

— Obrigada — eu falo, e ela segura minha mão.

— Se você ou seu noivo precisarem de algo — ela diz, e olha também para o Rafa —, é só chamar. Você também precisa descansar, rapaz.

— Estou bem. A cadeira é confortável. — Ele sorri.

Ela retribui seu sorriso, dá uma batidinha em minha mão e sai do quarto, nos deixando a sós.

— Está muito tarde, Rafa. Você deveria estar em casa, dormindo — eu digo, preocupada com ele.

— Posso dormir aqui, onde vejo você — ele responde, acariciando meu rosto. — Você quase me matou de susto.

— Desculpe... — murmuro.

Ele suspira e beija a minha testa.

— Queria poder deitar ao seu lado, mas o Dr. Danilo me mataria. — Ele ri, mostrando a covinha na bochecha. — Você precisa descansar, amanhã terá um grande dia.

— Mas eu queria conversar e...

Ele me interrompe, colocando o dedo sobre meus lábios.

— Vamos conversar amanhã. Não vou a lugar algum, nem você.

Ele se afasta e puxa a cadeira para mais perto ainda da cama.

— O que você está fazendo? — pergunto.

— Isso — ele fala. Então, coloca a cadeira num lugar melhor, senta e apoia o braço na cama, segurando a minha mão e entrelaçando os dedos nos meus. — Nunca mais quero ficar longe de você. — Sinto as lágrimas se acumularem em meus olhos. — Ei, não chore — ele fala, passando o polegar na palma da minha mão.

— Não acredito que você está aqui comigo — sussurro, tentando conter as lágrimas.

— Estou onde deveria estar desde o início e onde estarei pelo resto das nossas vidas — ele fala e, parecendo pensar em algo, completa: — Que será longa, muito longa, e juntos.

As lágrimas que eu estava segurando com esforço caem, escorrendo pelo meu rosto. Ele se levanta e as enxuga, sorrindo para mim.

— Descansa, amor. Amanhã o dia será longo. Estarei aqui ao seu lado o tempo todo — ele fala, e balanço a cabeça, concordando.

Fecho os olhos devagar, ainda sentindo as lágrimas caírem, e, lentamente, sou envolvida por um sono tranquilo.

* * *

Quando acordo, no dia seguinte, vejo Rafa, Gabe e Clara, que está com a cabeça apoiada no ombro de Léo, num canto do quarto, conversando baixinho. Fico ali, por poucos minutos, apenas os observando, milhares de sentimentos dentro de mim. Tanta coisa aconteceu nas últimas vinte e quatro horas que não sei ao certo o que é real ou ilusão. Uma forte lembrança do Rafa dizendo que eu seria sua mulher me vem à mente, e fico me perguntando se minha cabeça está me pregando uma peça.

— Ei, você acordou — Rafa fala e se aproxima da cama, sendo seguido por nossos amigos. Ele segura minha mão, beijando-a e passa o indicador de leve entre as minhas sobrancelhas. — O que houve? Está com dor? — ele pergunta.

— Oi — eu murmuro e abro o que espero que se pareça com um sorriso. — Não, estou bem. Só estava pensando.

— Tenha bons pensamentos, linda. — Ele sorri. — Nada de cara feia.

Sorrio para ele.

— Vou chamar o médico. Depois que ele vier te ver, vamos conversar, ok? — ele pergunta, e eu concordo, apreensiva.

Rafa sai do quarto acompanhado por Léo, que vai buscar um café para Clara. Olho desconfiada para ela, tentando entender o que estava acontecendo entre ela e o Léo. Ela se aproxima da cama com o Gabe, com uma expressão preocupada.

— Como você está se sentindo? — ele pergunta, enquanto Clara se senta ao meu lado e segura minha mão.

— Confusa? — pergunto, sorrindo.

— A gente sabe que você tinha feito planos, Malu, mas foi impossível esconder o que estava acontecendo. O Rafa assumiu o controle da situação. — Clara fala e sorri. — E preciso confessar que me sinto feliz por ele ter feito isso, já que você não deu a mínima para a nossa opinião.

Sorrio para os dois.

— Obrigada — eu falo, sentindo meus olhos se encherem de lágrimas. — Por estarem ao meu lado o tempo todo. — Fecho os olhos brevemente. — Ainda não entendi direito o que aconteceu nas últimas vinte e quatro horas, mas estou feliz por vocês estarem comigo.

Gabriel segura minha outra mão e se aproxima, beijando minha testa.

— O Rafael vai conversar com você, Malu. Ele gosta de você de verdade. — Ele respira fundo, de olhos fechados, e, quando os abre, vejo sinceridade em suas palavras. — Dê uma chance a ele. Dê a si mesma uma chance de ser feliz... isso é tudo o que eu quero. Que você seja feliz.

Eu sabia quanto esforço tinha sido necessário para que ele me dissesse aquilo. É muito difícil amar alguém e abrir mão da pessoa por amor. Eu sabia que o Gabe me amava. O sentimento era recíproco, mas não no mesmo sentido. E assim como ele desejava a minha felicidade, isso era tudo o que eu desejava a ele.

— Quero o mesmo para você — falo para ele, que balança a cabeça de leve. Me viro para Clara. — E para você também. — Ela sorri. — A propósito, o que está acontecendo entre você e o Léo? Não sabia que estavam saindo... achei que você estava com o carinha do passado.

Ela desvia o olhar, constrangida.

— O Léo é o carinha do passado, Malu.

Abro a boca, surpresa.

— Sério? E você nem me contou nada? Por isso ele pareceu constrangido quando o peguei na sua porta, e ele deu a desculpa de que tinha confundido o meu apartamento!

Ela ri e assente.

— Me desculpe... a situação entre a gente estava muito complicada...

— E agora? — pergunto, curiosa.

— Vamos ficar bem. Eu... — ela se interrompe quando ouve uma movimentação na porta. O Dr. Danilo entra com o Rafa e ela se levanta.

— Vamos conversar sobre isso num outro momento, tá? — ela fala. — Vou deixar vocês à vontade. Vamos, Gabe?

Ele concorda e os dois saem do quarto.

— Bom dia, Malu — O Dr. Danilo me cumprimenta, sorrindo. — Como você está hoje?

— Estou bem — respondo, também sorrindo.

Eles se aproximam da cama. Rafa senta na cadeira ao meu lado e fica me observando enquanto o médico me examina. Ele ouve meus batimentos cardíacos, mede a pressão, aperta meu pescoço, olha pupilas, mede a temperatura. Quando acaba, se senta ao meu lado na cama, sorri e começa a falar.

— Bom, Malu, acho que você deve estar se perguntando o que aconteceu e os próximos passos, não é?

— Sim — respondo.

— Bem, você teve um episódio de desmaio com forte sangramento, como da primeira vez que foi internada. Como eu havia explicado, você está com anemia, que ficou um pouco mais severa por não termos tratado o LMA como deveríamos.

Olho para baixo, a consciência de que meu estado de saúde se agravara por minha própria culpa me atinge.

— Fizemos vários exames e chegamos à conclusão de que não temos mais tempo para a quimioterapia. Esse tipo de leucemia se agrava muito rapidamente. E foi o que aconteceu com você.

Agora, o transplante de medula é a nossa esperança de fazer com que você se recupere — o Dr. Danilo explica com calma, seu tom de voz é baixo. — Seus amigos fizeram testes de compatibilidade e estamos fazendo um levantamento nos bancos de doadores.

— E quais são as chances? — pergunto, com medo da resposta.

Para a minha surpresa, quem responde é o Rafa.

— Seu irmão está vindo para cá. Deve chegar em, no máximo, uma hora — ele fala, e fico de queixo caído. — Ele é a nossa principal esperança.

Meus olhos se enchem de lágrimas.

— Ele aceitou doar? — pergunto, baixinho.

— Nem que eu tivesse que retirar a medula dele com minhas próprias mãos, ele faria isso — ele fala, e eu tapo a boca.

— Ah.

— Na verdade — o médico explica —, nós sugerimos que ele fosse ao hospital mais próximo da casa dele, mas ele preferiu vir até aqui e agilizar o processo.

Eu jamais poderia imaginar que qualquer membro da minha família fosse capaz de fazer algo assim. Na verdade, pela última conversa que eu tivera com o meu pai, achei que, se fosse necessário, ele proibiria minha mãe ou meu irmão de me ajudarem. Não conseguia entender por que ele tinha tanta raiva de mim.

Rafa vem em minha direção e enxuga minhas lágrimas.

— Shhh... não chora, amor. Precisamos que você fique bem, que se concentre em melhorar. Vai dar tudo certo.

O médico sorri, olhando para nós dois e fala:

— Ele fará o exame e, a partir daí, vamos determinar os próximos passos. Como o Rafael falou, neste momento precisamos que você fique bem, esteja calma e descanse bastante. — Balanço a cabeça, concordando, e tento sorrir por entre as lágrimas.

— Bem — o médico continua —, já sei que o Rafael não vai querer sair daqui, mas vou pedir que os demais evitem ficar entrando e saindo do quarto. Sua imunidade está muito baixa e me preocupa que você tenha qualquer outra doença.

— Posso, pelo menos, ver o meu irmão quando ele chegar? — pergunto, num sussurro. — Gostaria de agradecê-lo.

— Claro, Malu. Vou pedir que o tragam até aqui rapidamente. Ele vai precisar fazer alguns exames e o procedimento da doação da medula é feito em centro cirúrgico.

— E demora muito?

— Não, em torno de duas horas, mas não quero perder tempo. Quanto antes tivermos o resultado e a certeza de que ele é compatível, melhor. Descanse, Malu. Vamos fazer o máximo para que tudo corra bem.

Ele dá uma batidinha na minha mão, balança a cabeça para o Rafa e sai do quarto, nos deixando a sós.

28

"E que minha loucura seja perdoada. Porque metade de mim é amor e a outra metade... também."
OSWALDO MONTENEGRO

RAFA

Ficamos sozinhos no quarto, e eu sabia que permaneceríamos assim por mais algum tempo. Pelo menos até que seu irmão, Eduardo, chegasse ao hospital. Precisamos conversar seriamente, mas tudo que quero é puxá-la para meus braços e não deixá-la se afastar nunca mais.

Tudo bem, também quero sacudi-la até colocar juízo em sua cabeça. Ainda não havia superado toda a confusão criada por ela quando desistiu de se tratar e decidiu viajar para esperar a morte. Mas uma conversa era mais urgente.

— Como você está se sentindo? — eu pergunto. Ela se recosta nos travesseiros. Seus olhos demonstram todo o cansaço que está sentindo. — E, antes que você diga que está bem, quero saber a verdade. De hoje em diante, quero saber exatamente o que está se passando com você. Nada de tentar me proteger daquilo que você acha que pode me machucar de alguma forma. Agora, sou eu quem vai te proteger.

Ela fecha os olhos e sorri.

— Tudo bem — ela fala e levanta a mão direita. — Juro falar a verdade, somente a verdade e nada mais que a verdade, doutor. — Apesar de a voz estar fraca, seu tom é provocador e seu sorriso aquece meu peito.

— Muito bem. Então pode começar.

— Estou com dor de cabeça, e minhas articulações doem. Não seria capaz de segurar um pincel nem que precisasse pintar a última obra-prima do mundo. — Ela ri.

Seguro um de seus braços e começo a massagear suas articulações, como uma das enfermeiras me ensinou para aliviar a dor.

— Estou confusa, Rafa. Não sei o que imaginei ou o que aconteceu de verdade, pois ontem aconteceu muita coisa ao mesmo tempo.

Olho para ela e falo:

— Você desmaiou na festa ao chegar. Quase me matou do coração quando vi que seu rosto estava ensanguentado. Fomos para o hospital de ambulância. — Solto um suspiro e estremeço com a lembrança. — Tive que brigar com metade do mundo para saber o que estava acontecendo e, quando o Dr. Danilo apareceu, ele cuidou de você e conversou melhor comigo.

Ficamos em silêncio por alguns segundos e então, falo aquilo que ela esperava e que eu queria repetir:

— Depois de decidirmos o que faríamos, ele deixou que eu ficasse com você. Então, eu disse que te amo, te pedi em casamento e você aceitou. — Faço uma expressão inocente e ela ri.

— Pelo que me lembro, você não me pediu nada, só comunicou.

— Ah, sim. É porque da última vez que você decidiu algo sozinha, fez a besteira de resolver viajar em vez de conversar comigo.

Aproximo meu rosto do dela. Sua respiração está tão acelerada quanto a minha.

— Só queria entender por que você fez isso, meu amor — falo, baixinho, puxando-a para os meus braços. Ela encosta o rosto no meu peito, sobre o meu coração, que está disparado. — Por que você não me contou que estava doente, Malu? Por que não me deixou saber a verdade?

Toda aquela força que ela havia demonstrado até então desabou. Ela estremece em meus braços e sinto as lágrimas encharcarem minha camisa. Entre soluços, ela começa a falar:

— Você parecia tão feliz... nunca ouvi você falar nada sobre namorar alguém. Então, logo naquele dia, contou que estava namorando. Imaginei que a escolhida era completamente diferente de mim: bonita, elegante, com bons modos. — Após poucos segundos de silêncio, ela continua: — Eu não tinha mais nada, Rafa. Nem família, uma vez que a única coisa que meu pai tinha a me oferecer era dinheiro; eu não sabia se poderia voltar a pintar, já que a doença pode me impossibilitar de segurar um pincel; me senti mal por impor minha doença à Clara, que já havia passado por tudo isso com o marido... e, então, perdi você. Não tinha mais pelo que lutar, entende?

Enxugo as lágrimas, sentindo toda a sua dor.

— Você nunca me perdeu, Malu. Só fiquei com medo demais do que sentia... fui um idiota, e isso quase custou a sua vida. — Ela balança a cabeça, negando. — Sou seu desde a primeira vez que nossos olhos se encontraram, quando você estava perdida na faculdade.

Beijo levemente seus lábios e encosto minha testa na dela.

— Eu te amo mais do que consigo expressar em palavras. Te desejo com todo o meu coração e, desde o momento em que você caiu no bar do Tito, tudo o que faço é pedir a Deus uma segunda chance para te fazer feliz. Para cuidar de você, te amar e te fazer minha pelo resto das nossas vidas.

Estamos com os olhos fechados, as testas coladas e as minhas mãos segurando seu rosto. Após alguns segundos de silêncio, ela fala tão baixinho que, se eu não estivesse tão perto, não teria ouvido.

— Eu te amo, Rafa. — Ela suspira e abre os olhos marejados. — Sinto muito por ter feito as escolhas erradas e nos colocar nesta situação tão séria e que pode ser irreversível. Mas você precisa saber que eu te amo com todo o meu coração.

— Shh... — Coloco o indicador sobre os lábios dela. — Não fale assim. Vamos conseguir. Você vai ficar curada e passaremos o resto das nossas vidas juntos. Vamos ficar bem velhinhos, rodeados de netos. Você vai continuar pintando o dia inteiro e, quando eu chegar em casa do trabalho, vou fazer massagem nas suas costas doloridas, por ficar muito tempo na mesma posição. E, então, vou fazer amor com você. Não sexo, amor. Vamos fazer amor a noite toda.

Ela sorri com o rosto levemente corado.

— Promete? — ela pergunta, e eu coloco a mão no peito.

— Prometo. — Sorrio e a abraço de novo. — Você é minha e eu sou seu. Desculpe por ter levado tanto para perceber isso.

— Desculpe por não ter falado o que eu sentia — ela responde, e eu beijo o topo da sua cabeça.

— Somos dois bobos que não queriam enxergar o que era tão nítido para todo mundo. Mas agora coisas boas estão reservadas para nós. E a primeira delas é a sua cura.

Ela estremece em meus braços.

— Estou com medo — ela sussurra.

— Eu também. Mas vamos passar por isso, Malu. Juntos. Não esqueça que eu te amo e estou com você.

— Obrigada — ela sussurra e sorri.

— Pelo quê?

— Por me amar, Rafa.

29

"A doçura do perdão traz esperança e paz".

CHARLES CHAPLIN

M A L U

Não sei precisar quanto tempo ficamos assim, abraçados, mas, pouco a pouco, caí num sono tranquilo. Ao acordar, o quarto estava escuro e senti alguém segurando a minha mão. Antes mesmo de abrir os olhos, já sabia que não era o Rafa. Os dedos, apesar de serem claramente masculinos, são mais finos e mais macios que os dele. Eram mãos de alguém com uma vida privilegiada. Ao abrir os olhos, vejo meu irmão sentado na cadeira ao lado da minha cama, olhando para mim.

Nossos olhos se encontram e, ao me ver acordada, ele se endireita, mas não me solta.

— Oi — murmuro, e ele sorri. É engraçado, mas não o vejo havia tantos anos que nem me lembrava de como era o seu sorriso.

— Sabe — ele fala, passando o polegar sobre meus dedos — eu sempre achei que sabia tudo da vida. Sempre fui o mais inteligente da turma, aquele que sabia resolver todas as equações difíceis e que, por ter uma inteligência muito acima da média, estava sempre muito à frente dos colegas na escola. Lembro que, quando entrei na faculdade, um professor de filosofia fez um comentário que, naquela época, achei tolo, mas que hoje vejo quanto era verdadeiro: "Não deixe que a inteligência afete a sua visão da vida real. Não seja estúpido nem pense que você é melhor do que qualquer um só porque consegue resolver questões que a maioria das pessoas tem mais dificuldade de resolver." Eu o olhava com prepotência e pensava: "Que idiota. Claro que sou muito melhor que todos esses imbecis."

Ele suspira e continua.

— Lembro que, quando você ainda morava na casa dos nossos pais, era bem diferente. *Que boba*, eu pensava. Você vivia tentando impor sentimentos à nossa relação, tão cheia de regras. Lembro que, numa tarde de verão, eu te vi pela janela. Você estava no quintal, regando o jardim. Fazia questão de cuidar dele junto com o jardineiro e escondido dos nossos pais. Naquele dia, estava usando um vestido estampado, seus cabelos estavam bem compridos, sem aquelas mechas coloridas que costuma usar e ainda não tinha nenhuma tatuagem — ele continua, olhando para longe. — Você estava com fones de ouvido e dançava enquanto molhava as plantas e cantava, desafinada. E era tão diferente de todos nós, tão cheia de vida, de cor, de luz e de som. Quando foi embora, nossa casa virou uma caixa quadrada, por assim dizer. A cor, a luz, as formas, o som, tudo isso se foi com você e, estranhamente, parecia que todos nós nos encaixávamos. Quando voltou pela primeira vez, parecia que aquele mundo de cores que vivia dentro de

| 234

você tinha explodido. Seu cabelo e suas roupas estavam coloridos. Seu olhar tinha um brilho de desafio que não estava ali antes. E você tinha uma tatuagem no pulso. Essa aqui. — Ele passa o polegar sobre a minha tatuagem com o símbolo do infinito. — *You may say I'm a dreamer* — Ele lê o que está escrito. — E foi exatamente o que pensei: *Caramba! Que cabeça avoada e sonhadora.*

Eduardo suspira e olha em meus olhos.

— O tempo passou e a cada dia nos afastamos mais. Toda vez que você ia para casa, eu me distanciava, dizendo a mim mesmo que a errada era você, que era rebelde, que não queria nada com nada e que desejava levar uma vida de sonhos, como dizia a sua tatuagem. Mas a verdade, Malu, é que os errados éramos nós, e não você. Por arrogância e prepotência, perdi a oportunidade de conhecer melhor a minha irmã e, quem sabe, ter me contagiado com a sua cor. Talvez, se eu tivesse permitido que seu brilho entrasse, ainda que fosse só um pouquinho, a minha própria vida tivesse sido diferente. Talvez eu fosse uma pessoa melhor, menos arrogante, menos autocentrada e mais feliz.

Ele aperta mais forte a minha mão.

— Quando o Rafael me ligou e explicou o que estava acontecendo, senti como se tivesse levado um banho de água fria. Foi um daqueles momentos da vida em que a gente se questiona em que ponto se perdeu. Como se permitiu chegar tão longe sem... amor. Foi engraçado, porque eu estava na casa da minha... namorada, digamos assim. Na verdade, antes da ligação dele, ela era apenas a garota com quem eu estava saindo. Quando ele pediu, ou melhor, exigiu que eu pegasse o primeiro voo para cá e fizesse o teste para a doação de medula, porque ele a amava e não admitia perdê-la por eu ser um idiota, fiz uma breve avaliação da minha vida e dos meus relacionamentos. Saber que você corria o risco de partir tão jovem fez com que eu cobrasse a minha própria responsabilidade em nossa relação quase inexistente. Estar aqui hoje é mais do que minha obrigação como ser humano. É meu papel como seu irmão, como alguém que deveria te amar e te proteger incondicionalmente. E eu realmente sinto em dizer que falhei. Falhei como irmão, como amigo e como homem, mas espero, do fundo do coração, que você possa me perdoar. Que esse coração tão doce e colorido que você tem encontre uma brecha para perdoar alguém que falhou tão gravemente. — Ele fecha os olhos, suspira e então volta a me encarar. — Mas, ainda que você não consiga, e vou entender se você não puder, prometo que estarei sempre ao seu lado para o que for preciso. Mesmo que não tenha mais sentimentos por mim ou que todos esses anos de indiferença sejam demais para esquecer, eu estarei sempre aqui.

Ele se cala e fica me olhando. Meus lábios tremem enquanto tento segurar o choro, mas é impossível não deixar as lágrimas caírem depois do seu discurso tão emocionado. Eu havia chorado mais nos últimos dias do que em toda a minha vida.

— Eu não deveria estar fazendo você chorar. Se o seu namorado te vir assim, vai me expulsar daqui — ele brinca, e eu sorrio entre lágrimas.

— Obrigada — eu falo baixinho. É a única coisa que consigo dizer.

Ele levanta a sobrancelha.

— Faço um grande discurso admitindo meus erros e você me agradece?

— Obrigada por estar disposto a salvar a minha vida — falo, fungando e tentando controlar as lágrimas. — Não há o que perdoar. Você é meu irmão e o elo que nos une é muito forte. Não importa que tenha levado um, cinco ou vinte anos para que isso acontecesse, o importante é que seu coração reconheceu seus sentimentos por mim. Não tenho como agradecer o suficiente por você estar aqui para me ajudar.

— Eu daria a minha vida para salvar a sua se fosse preciso.

— Ainda bem que não é. Quero o meu irmão vivo para conviver comigo quando eu estiver boa. — Sorrio para ele, que beija o alto da minha cabeça. Ambos estamos emocionados demais.

Uma batida à porta me assusta. Olhamos para a entrada do quarto e uma enfermeira entra.

— Sinto interromper, mas está na hora, Sr. Eduardo.

— Certo. Nos vemos mais tarde, Malu.

— Como vai ser isso? — eu pergunto, preocupada.

— Ele vai fazer alguns exames para confirmar se é compatível. Depois disso, os médicos vão avaliar seu estado de saúde e, se estiver tudo bem, ele será levado para o centro cirúrgico, onde o médico fará algumas punções para aspirar a medula. O procedimento é feito sob anestesia e não é demorado. — Ela tenta nos acalmar. — Vai correr tudo bem.

— Não se preocupe — ele fala. — Vai dar tudo certo.

— Obrigada mais uma vez — digo, antes de ele sair do quarto.

— Eu é que agradeço. Mais do que ajudar, você está me dando a chance de me tornar uma pessoa melhor, e isso é algo que não tem preço. Sei que nunca falei isso antes, mas eu amo você, minha irmã.

— Também te amo — eu falo e ele sorri, seguindo a enfermeira.

Eu não sei o que vai acontecer dali em diante, mas, desde que posso me lembrar, essa é a primeira vez que tenho uma chance real. Uma chance não só de viver e recuperar a minha saúde, mas também de amar e ser amada. De ser feliz.

30

"Tudo passa, tudo sempre passará."
LULU SANTOS

R A F A

Passei o dia todo sentado na cadeira ao lado da cama da Malu, só me afastando quando seu irmão chegou e pediu para conversarem a sós. Aproveitei esse tempo para ligar para o trabalho e pedir uma licença para cuidar dela, que me foi prontamente concedida. Passei meus casos para o Léo e mais um advogado do escritório.

Uma batida leve à porta me tira dos meus pensamentos. Sinto ânsia de vômito ao ver o juiz, o homem que fez tanto mal a ela, entrar no quarto.

Ele olha sério para mim e, então, seu olhar desvia para a Malu. Fico observando suas reações sem parar de encará-lo. Ao vê-la, ele demonstra surpresa, incredulidade e, por incrível que pareça, dor. A esposa entra logo depois dele e, ao ver a Malu na cama, começa a chorar.

— Ah, meu Deus — a mãe dela murmura entre lágrimas e tapa a boca.

Eu me levanto e os dois olham para mim, assentindo quando peço, silenciosamente, que não fizessem barulho. Levo os dois para fora do quarto.

— Ela precisa descansar, a manhã foi muito agitada. Eu não os esperava aqui.

Sua mãe me olha como se eu tivesse duas cabeças.

— Como não? Somos os pais dela!

— Só agora? Vocês dois nunca foram pais para ela, nunca deram apoio, carinho ou qualquer coisa que pais devem dar aos filhos.

Lúcia fica ofendida. O marido coloca a mão em seu ombro, acalmando-a.

— Ele está certo, Lúcia. Não fomos bons para ela. Nós erramos muito com a Maria Luiza. — O juiz parece estar muito abatido.

— Ela ligou para dizer que estava doente e vocês não deram a mínima. Ela poderia ter morrido — eu falo, cheio de ressentimento.

Lúcia soluça, e o marido fica olhando para o chão.

— Eu não sabia que era tão grave — ele fala com a voz baixa. Não tem mais aquela postura altiva e prepotente.

— É mais do que grave.

— Ela parece tão frágil deitada ali — a mãe murmura, aos prantos.

O pai de Malu abraça a esposa, os dois abatidos, como se só agora tivessem se dado conta da gravidade do problema e de que a vida da filha estava por um fio.

— A Malu está com leucemia. Um tipo raro e muito grave. Está à espera de um transplante de medula. Ela não parece frágil, dona Lúcia. Ela está física e emocionalmente fragilizada. A esperança é que o Eduardo, que está passando agora por exames, seja compatível.

A expressão dos dois é de incredulidade, dor e arrependimento. Parecem estar sofrendo, mas não consigo me segurar.

— Se vocês vieram aqui para aborrecê-la, podem voltar. Ela não está sozinha. Não sei qual é o problema de vocês dois, mas não vou mais permitir que a maltratem. Ela já sofreu demais. Mais do que merecia, ainda mais por causa de vocês.

O pai dela me olha com lágrimas nos olhos, parecendo ter envelhecido dez anos naqueles poucos minutos.

— Nós queremos dar apoio a ela, filho. Infelizmente, não soubemos como lidar com a Maria Luiza. Ela é tão diferente de todos nós... achei que, repreendendo as suas atitudes, conseguiria fazê-la ser alguém na vida.

— Nós erramos — a mãe fala.

Balanço a cabeça, pouco convencido.

— Vocês não erraram, vocês foram cruéis. Ela deveria ter sido amada, cuidada e protegida, mas, desde que a conheci, tudo o que veio de vocês foi descaso, desprezo e amargura.

Os dois choram, e o pai concorda.

— Eu realmente sinto muito. Nunca soube lidar com uma filha, ainda mais uma como a Maria Luiza, tão emocional, tão diferente de nós. Agi com ela como agiria com um funcionário mais rebelde, e não como pai. Nunca soube ser pai, já que não tive um. Minha família sempre foi dura, sem demonstrações de afeto. — Ele baixa a cabeça e continua, com a voz embargada: — Quando ela me ligou falando que estava doente, achei que era uma besteira, sabe? Que queria chamar a atenção. Jamais poderia imaginar que era tão grave.

— Precisamos pedir perdão a ela, Rafael — Lúcia fala. — Sabemos que não merecemos, mas precisamos tentar recuperar o amor da nossa filha.

Fico olhando para os dois num conflito interno.

Ao mesmo tempo o que fico balançado pela demonstração de arrependimento, sinto raiva. Mas, então, me lembro do momento em que fizemos as pazes e confessamos o nosso sentimento. Isso fora suficiente para eu entender que, naquelas circunstâncias, não podia julgá-los. Tudo o que eles estavam pedindo era uma segunda chance com a filha, e eu seria cruel e injusto se, de alguma forma, impedisse isso.

Balanço a cabeça, concordando e falo:

— Tudo bem. Mas a Malu está muito frágil e toda essa emoção pela qual vem passando não faz bem para ela neste momento. O médico disse que ela precisa ficar calma e tranquila, descansar e se alimentar bem. Quando ela acordar, vocês podem entrar e dar amor e carinho, mas deixem para conversar sobre isso tudo quando ela estiver melhor, tudo bem?

— Claro, filho, você tem toda razão — o pai dela fala.

— Mas vocês não poderão ficar muito tempo. O Dr. Danilo não quer que ela fique em contato com muitas pessoas, para não correr o risco de contrair alguma doença. — Olho para o relógio e vejo que falta pouco tempo para que o Eduardo retorne dos exames. — Por que não comem alguma coisa? Tem um café no segundo andar. Imagino que tenham vindo direto do aeroporto sem almoçar. O Eduardo deve ser liberado do exame daqui a pouco. Aí, quando vocês voltarem, ela deverá estar acordando, e ele, sendo levado para o quarto. Dessa forma, vocês podem ver os dois.

Eles concordam e vão embora depois de apertarem a minha mão e me agradecer efusivamente. Volto para o quarto da

Malu e, enquanto passo o álcool em gel nas mãos, respiro fundo. A vida tem um jeito engraçado de colocar as coisas no lugar.

* * *

O fim da tarde chega, e o céu começa a se tingir de roxo, esperando a noite chegar. Vejo o sol se pôr pela janela, transformando o dia quente de verão numa bela noite estrelada. Seria um entardecer perfeito se não estivéssemos aqui, neste hospital, aguardando resultados de exames tão decisivos.

Depois de ser liberado, Eduardo ficou na recepção com os pais, e eu com a Malu, que dormiu o tempo todo.

Ela está muito abatida, a pele, amarelada. Seu corpo perdeu as curvas que tinha antes. Meu coração fica apertado, e peço a Deus, silenciosamente, que a fizesse melhorar.

Fecho os olhos, lembrando-me do passado, de momentos aleatórios em que ela sorria para mim com toda a confiança do mundo, até que o Dr. Danilo entra no quarto. Eu me aproximo enquanto ele toca a testa da Malu com as costas da mão e balança a cabeça.

— Malu, vamos acordar? — o médico sussurra e, pouco a pouco, ela abre os olhos, despertando.

Ao vê-lo, ela arregala os olhos, sabendo que, muito provavelmente, ele tem alguma notícia para nos dar. Meu coração está acelerado.

— Está tudo bem, doutor? — ela pergunta, baixinho.

Ele faz que sim.

— Os resultados dos exames do seu irmão saíram — ele fica em silêncio de repente, fazendo certo mistério.

— E, então, doutor? Ele é compatível? — faço a pergunta de um milhão de dólares.

O médico abre um enorme sorriso.

— Sim! Vamos precisar administrar alguns medicamentos nele por cinco dias para estimular a produção de células saudáveis e, então, vamos realizar o transplante.

— Ah, meu Deus! — Os olhos de Malu se enchem de lágrimas, e eu seguro sua mão.

— A primeira etapa foi vencida, meus caros. Com um passo de cada vez, chegaremos lá. Durante esse período, vamos administrar medicamentos que vão matar o maior número possível de células cancerígenas e criar um "espaço" para que a nova medula seja implantada.

— Ele é compatível, Rafa! — ela fala, as lágrimas caindo.

Passo o indicador em suas bochechas.

— Vai dar certo, meu amor. Vai dar tudo certo — respondo, sorrindo, me sentindo mais emocionado que nunca.

— Bem, daqui para a frente, as visitas estão proibidas — o médico fala e as mãos de Malu estremecem.

— Dr. Danilo, deixa o Rafa aqui comigo, por favor? Não quero ficar sozinha.

— Tudo bem. Mas os dois terão que ficar de máscara e o Rafael vai precisar ficar paramentado. Quero evitar qualquer possibilidade de infecção.

Nós dois concordamos e o médico aperta nossas mãos.

— Vai dar tudo certo. Fiquem calmos — ele diz antes de sair.

Os olhos dela ainda estão úmidos quando o médico sai do quarto. Inclino-me em sua direção e, dando um beijo em sua testa, sinto uma tristeza me invadir, ao pensar que iria ficar alguns dias sem poder fazer isso. É engraçado ver como tudo que se referia a ela, dentro de mim, havia mudado. Como se, ao confessar meus sentimentos mais secretos, ela tivesse preenchido todos os espaços vazios da minha alma, de uma forma definitiva e irreversível.

A lembrança dos acontecimentos mais recentes me vem à mente e sei que preciso contar que seus pais estão ali. Prefiro que ela saiba através de mim, e não por qualquer outra pessoa.

— Amor? — eu chamo, e ela me olha, com um sorriso travesso e os olhos brilhando. — Que risadinha é essa?

— Gosto quando você me chama assim. Me sinto... amada!

— E você é. Muito. Não tenha dúvida, Malu.

Ela acena, segurando minha mão com mais força.

— Eu também amo você — ela murmura, e sinto meu corpo inteiro ser envolvido pela ternura de suas palavras.

— Preciso te dizer uma coisa, mas você precisa me prometer que não vai chorar.

Ela arregala os olhos.

— Você vai me deixar?

Dou uma risada.

— Claro que não. — Puxo sua mão e dou um beijo. — Já falei que você não vai mais ficar longe de mim.

Ela sorri e me olha, curiosa. Penso na melhor forma de falar, mas não sei como, então, resolvo simplesmente colocar para fora.

— Seus pais vieram te ver.

— Me ver? — ela sussurra, de olhos arregalados.

Concordo com a cabeça.

— Pedi que esperassem um pouco, pois você já teve muitas emoções e precisa ficar calma, mas achei melhor contar... Eles estão arrependidos, amor. E, quando você estiver bem, querem vir aqui pedir perdão.

Ela fica séria, olhando para o nada.

— Ei, não quero que você fique para baixo. — Acaricio sua bochecha com o polegar e ela volta a olhar para mim.

— Você acha que eles falaram a verdade? Estão mesmo arrependidos?

Fico pensando na conversa que tive com eles no corredor.

— Acho, sim. Eles querem recomeçar, se você estiver disposta a dar uma chance. Você não é obrigada a nada, amor. Se o que eles fizeram foi demais, e eu sei que foi, e você não quiser mais vê-los, vou respeitar a sua vontade. O importante é fazer o que seu coração mandar. E não precisa decidir agora. Eles já foram avisados de que essa conversa vai ficar para depois.

Malu fica em silêncio por alguns segundos e, então, olha em meus olhos.

— A vida é engraçada, né? Num piscar de olhos, tudo muda. O amor chega, os amigos se unem, a família se aproxima e a saúde se esvai. Espero que, no fim, dê tudo certo, e que eu consiga aproveitar as coisas boas que me aconteceram e superar as dificuldades.

Acaricio seus cabelos.

— Não tenho dúvidas de que você vai.

— Não tenho condições de ter essa conversa com eles agora, Rafa. Mas, se eles estiverem realmente arrependidos, quero dar uma segunda chance. Quem sabe, fazendo as pazes com meu passado, eu também ganhe uma segunda chance para recomeçar?

— Seus olhos estão marejados.

— Nós já estamos recomeçando, meu amor. Não tenha medo.

— Ela apoia a cabeça em meu peito, e eu lhe dou um beijo.

— Com você? Não tenho medo de nada.

Ficamos abraçados, em silêncio, aproveitando o calor do corpo um do outro enquanto esperávamos o melhor. E eu tenho certeza de que estava por vir.

31

"Se não tivéssemos nos conhecido, acho que teria compreendido que minha vida não estava completa. E teria perambulado pelo mundo à sua procura, mesmo que não soubesse o que estava buscando."

NICHOLAS SPARKS

M A L U

Os dias seguintes foram os mais complicados que já passei em toda a minha vida. Depois que o médico nos deu a notícia de que Eduardo seria o meu doador, uma sucessão de enfermeiras e médicos entravam e saíam do quarto, administrando medicamentos e controlando meus sinais vitais. Rafa e eu fomos devidamente equipados com máscaras, e ele ainda usava aquelas roupas especiais do hospital. Infelizmente, ele não poderia mais me beijar até que tudo estivesse acabado. Eu não podia correr o risco de contrair uma infecção a essa altura do campeonato. Foram dias difíceis em eu que tive uma série de reações ao tratamento agressivo: náusea, vômito e perda de apetite. Vivia cansada e, nos últimos dois dias, percebi que meu cabelo começara a cair mais do que o normal.

Mas, apesar disso, Rafa não saiu do meu lado nem por um minuto sequer. Eu o mandei para casa, para que ele pudesse tomar um banho e descansar, mas ele não aceitou. De tempos em tempos, ele saía do quarto para dar notícias minhas aos nossos amigos e meus familiares, mas nunca ficava longe de mim por muito tempo.

Não tenho dúvida de que a sua presença constante ao meu lado está sendo fundamental para que eu consiga enfrentar tudo aquilo. Rafa desperta em mim todos aqueles sentimentos que eu achava que não existiam, que eram produto da mídia ou papo furado de romances açucarados. Desde que assumimos nossos sentimentos um para o outro, passei a viver naquela nuvem de felicidade, sentindo um otimismo que, em outras épocas, acharia exagerado, e com um frio na barriga sempre que olho para ele. É tão estranho ver como o amor invade a nossa vida, virando tudo de cabeça para baixo. A vida inteira, eu havia desacreditado do amor e, naquele momento, todos os espaços vazios no meu corpo e na minha alma estão tomados desse sentimento tão forte e profundo. Pela primeira vez na vida, eu descobrira a verdadeira felicidade no amor de um homem, de amigos e, por incrível que pareça, na minha família.

No quinto dia, sou levada para fazer o transplante, seguida de perto pelo Rafa. Meu irmão já fez o procedimento para a doação da medula e agora é a minha vez. Ao sairmos do quarto, na cadeira de rodas, meus amigos e meus pais levantam e me desejam boa sorte. Minha mãe está abatida, o rosto vermelho de tanto chorar, e meu pai parecia ter envelhecido uns dez anos. Eu não os vira durante todos aqueles dias, já que as visitas haviam sido proibidas. Eles param do meu lado, e meu pai fala:

— Perdão, filha.

Concordo e, antes que me afastassem deles, murmuro:

— Está tudo bem. — Sorrio e os dois se abraçam enquanto sou levada ao elevador.

Eu já os perdoara em meu coração. Quando se encara a morte, as decepções da vida acabam sendo relevadas com mais facilidade. Na verdade, acho que a gente passa a encarar tudo de forma diferente. Para mim, naquele momento, importava que iríamos reconstruir nossa relação, e isso me bastava.

Entramos no elevador, e o Rafa está ao meu lado, usando a roupa especial, olhando para mim com carinho e preocupação. Seus dedos estão entrelaçados nos meus e, enquanto subimos para o oitavo andar, as lágrimas começam a cair silenciosamente em meu rosto. Ele se abaixa ao meu lado e captura uma delas com o polegar.

— O que houve, amor? — ele murmura, a emoção tomando sua voz.

— Estou com medo.

— Do transplante? Vai dar tudo certo, meu anjo — ele responde, e eu faço que não. — Do quê, então?

Sua voz demonstra preocupação.

— De tudo mudar... de algo dar errado e você desistir de mim — eu falo baixinho, num fio de voz.

— Nunca vou desistir de você, Malu.

— Mas e se eu não me recuperar totalmente? E se meu cabelo todo cair? E se eu nunca mais puder pintar ou ficar incapacitada?

— Vou cuidar de você. Aconteça o que acontecer, linda. Estamos juntos. Se você não puder segurar um pincel, vamos aprender técnicas de pintura com os dedos e fazer a maior bagunça. Se tiver dificuldades para andar, vou te levar no colo até a praia para ver o pôr do sol. O cabelo vai crescer e, mesmo que você os perca, vai continuar linda do mesmo jeito. Não importa o que aconteça, vou estar ao seu lado incondicionalmente, porque o que sinto é muito maior do que tudo isso.

Sou tomada pelo amor contido em suas palavras. As lágrimas caem com mais intensidade ainda, mas não são lágrimas de tristeza. São lágrimas de emoção e amor.

— Me apaixonei na primeira vez que te vi. Me apaixonei mais a cada encontro, a cada beijo, a cada olhar. Não me importa o que vai acontecer daqui para a frente, a vida não tem garantias. Você pode sair do hospital e, amanhã, algo acontecer comigo. A única certeza que tenho é de que meus sentimentos não vão mudar, que você sempre vai roubar meu ar quando estiver no mesmo lugar que eu e que vou fazer todo o possível para te fazer feliz.

— Eu te amo — falo, com a voz embargada, sem nenhuma condição de dizer qualquer coisa além disso.

Mas acho que é o suficiente, porque ele me olha com um enorme sorriso no rosto e acaricia minha bochecha no momento em que o elevador para. Ele se levanta e, olhando ao redor, vejo que a equipe médica que está nos acompanhando está tão emocionada quanto nós dois.

Saímos do elevador, em direção ao setor de hemoterapia para que eu fizesse o transplante. O Dr. Danilo está parado na porta e abre espaço para eu passar enquanto fala com o Rafa.

— Você fica, Rafael. Não pode entrar, ok?

— Tudo bem. Cuide dela, doutor.

— Pode deixar.

O médico entra na sala, se aproxima de mim e sorri.

— Como você está, Malu?

— Bem. Ansiosa.

— Vai dar tudo certo. Vamos começar.

Em poucos minutos, a equipe prepara o procedimento e tudo começa. Fico ali, sentada, com a cabeça repleta de sonhos e o coração borbulhando de expectativa, ansiedade e... amor.

32

"Me apaixonei do mesmo jeito que alguém cai no sono: gradativamente e de repente, de uma hora para a outra."
JOHN GREEN

RAFA

Aquele estava sendo o pior mês da minha vida. Ao me olhar no espelho do quarto, percebo que meus músculos haviam diminuído e minhas roupas estão largas. Estou cheio de olheiras, mas pelo menos tinha feito a barba. No entanto, nada disso me incomodava. Finalmente, depois de trinta e cinco dias, seis horas e quarenta e três minutos, posso levar a Malu para casa.

Graças a Deus, o transplante correu bem, mas ela havia precisado ficar internada ainda por um tempo. Durante o tratamento, o Dr. Danilo achou melhor que eu não ficasse direto no hospital, para evitar o risco de infecção. Mas eu ia vê-la todos os dias, já que as visitas eram permitidas, desde que fossem tomados os devidos cuidados.

Contei com a ajuda de Hellen para resolver questões relativas à exposição. Depois de muita conversa, nós três decidimos que o evento ocorreria mesmo que a Malu não estivesse presente. Alguns convidados viriam de fora do país, e a Hellen achou que seria ruim desmarcar tão em cima da hora. Deixamos tudo em suas mãos habilidosas, e foi um sucesso.

Olho ao redor para me certificar de que estava tudo no lugar e pronto para recebê-la. No período da sua internação, voltei a trabalhar, mas havia deixado minhas férias programadas para o dia em que ela tivesse alta. O Dr. Morales, principal sócio do escritório, foi extremamente bondoso e compreensivo comigo, permitindo que, além das férias, caso fosse necessário, eu tirasse outra licença para cuidar dela.

Eu a levaria para casa, de onde não pretendia deixá-la sair mais. A possibilidade de quase perdê-la me fez perceber que a vida era curta demais para que eu ficasse com medo de assumir o que sentia. E tudo o que eu queria era dormir e acordar todos os dias ao seu lado. Sim, eu estava perdidamente apaixonado. Logo eu, que sempre disse que essas merdas de amor não eram para mim. Eu era um idiota.

Vou até a garagem, ligo o carro e faço o caminho para o hospital de forma automática. Estou com um frio na barriga e o coração acelerado de ansiedade. Só espero que ela goste da surpresa. Estaciono numa vaga perto da entrada e, ao sair do carro, o telefone toca.

— Oi, Clara.

— Oi, Rafa. Já chegou no hospital?

— Acabei de estacionar. Ela deve receber alta a qualquer momento — falo enquanto caminho em direção à entrada.

— Você está precisando de alguma coisa?

— Não, está tudo pronto. Obrigado.

— Ah, meu Deus! Nem acredito que vou perder minha melhor vizinha! — ela fala, rindo.

— Mas vocês vão continuar se vendo sempre — falei, e ela concordou. — A propósito, como estão as coisas com o Léo?

— Estamos nos acertando. Tivemos um começo muito ruim no passado, mas acho que agora as coisas vão entrar nos eixos.

— Ele é um cara muito legal. Espero que vocês se entendam logo.

— Sei que é... estou torcendo para que dessa vez tudo dê certo. Bom, se precisar, não hesite em me ligar. Avise a ela que vou visitá-la na semana que vem. Ela vai precisar de uns dias para se adaptar em casa de novo, ainda mais que está indo para uma casa nova.

— Pode deixar, Clara. Obrigado mais uma vez.

Em seguida nos despedimos e pego o elevador. Queria ter trazido flores, mas o Dr. Danilo não deixou, porque ela não poderia ter contato com pólen. Tudo que eu pensara em trazer fora riscado da lista, pois Malu passaria por uma série de restrições por um tempo. Só a minha presença teria que bastar.

Atravesso o corredor, cumprimentando todas as enfermeiras do plantão diurno. Quarenta e cinco dias seguidos num hospital, entre o início da internação, o transplante e, finalmente, o pós-transplante, tinham me levado a conhecer toda a equipe médica pelo nome, além de outros pacientes e seus familiares. Ali, todo mundo se apoia, se ajuda e a gente sai do hospital agradecido por ter pessoas com o coração tão bom, dispostas a cuidar das pessoas que amamos e ajudá-las a ter o melhor tratamento possível.

— Ela está no consultório do Dr. Danilo, Rafael — a enfermeira Rose me diz quando passei pelo posto da enfermagem.

— Obrigado, Rose — respondo, e sigo para a sala do Dr. Danilo, no fim do corredor.

Bato à porta logo depois de limpar as mãos com álcool em gel e ouço sua voz potente me mandar entrar. Ela está sentada na cadeira e não consigo reparar em mais nada. Está de macacão preto, que deixa à mostra seu ombro com as flores. Na cabeça, um lenço comprido e estampado em tons de vermelho, amarelo e azul, cobrindo os cabelos que haviam caído bastante, mas não totalmente. No rosto, a máscara branca que ela teria que usar ainda por um tempo. A emoção por vê-la fora da cama e parecendo bem-disposta me toma e sinto um nó na garganta.

— Oi — ela fala e vejo as maçãs do rosto se elevarem com o sorriso que se esconde atrás da máscara.

Sorrio também, e ela dá uma batidinha na cadeira ao seu lado para que eu me aproxime. Eu me sento no lugar que ela me indica e, imediatamente, seus dedos se entrelaçam nos meus. O calor do seu toque me toma e, finalmente, solto o ar que eu não fazia ideia que estava prendendo. Olho em seus olhos, e ela pisca para mim. Viro e me deparo com o médico sorrindo para nós dois.

— Oi, doutor — eu o cumprimento, sentindo a Malu apertar os dedos nos meus.

— Olá, Rafael. Bom, hoje é um dia para comemorarmos. A Malu está pronta para ir para casa. Vocês sabem que vamos começar uma nova etapa, não é? Que não terminou aqui.

— Sim — respondemos juntos.

— Ótimo, vamos fazer um cronograma de consultas. A Malu vai precisar voltar aqui todos os dias para ser avaliada. Pelo menos no começo. — O médico prossegue com várias orientações e restrições, como ter contato com animais, tapetes, cortinas, alimentação restrita, entre outras coisas. — Você ainda terá um período com várias restrições até chegarmos aos cem dias pós-transplante, mas não te quero presa em casa. Quero que saia todos os dias para dar uma volta, fazer caminhadas e pegar ar fresco. E nada de cigarros!

— Por incrível que pareça, não sinto mais falta, doutor — ela fala, sorrindo.

— Ótimo. Continue assim — ele fala enquanto escreve no receituário. Ao terminar, nos explica a respeito da medicação e dos exames que ela precisaria fazer. Com tudo aquilo em mãos, ele nos libera para, finalmente, irmos para casa. — Meus queridos, qualquer problema, por favor me liguem. Vocês têm meu celular, não importa a hora, estou à disposição.

Ele segura nossas mãos carinhosamente e fala, virando-se para ela:

— Como médico, estou muito feliz e realizado por estar te vendo sair daqui com um bom prognóstico, Malu. — Ele suspira. — Quando você veio ao meu consultório para dizer que não prosseguiria com o tratamento, fiquei com o coração partido. Vai contra tudo aquilo em que acredito e contra meu juramento médico ver um paciente morrer e não fazer nada. Então, essa é uma vitória de vocês, mas também é minha. Você tem uma vida inteira pela frente e espero que a aproveite da melhor forma possível.

Malu olha para ele com os olhos cheios de lágrimas. Então, se vira para mim.

— E Rafael, muito obrigada por toda a ajuda. Tivemos cento e doze inscritos no registro nacional de doadores de medula, todos indicados por você — ela fala e eu sorrio.

Assim como Clara, Léo, Gabriel e eu, nossos amigos e boa parte dos meus colegas de trabalho tinham ido se inscrever para serem doadores.

— Nós é que agradecemos, doutor. Por tudo. Pode ficar tranquilo que vou tomar conta dela e seguiremos todas as instruções.

Ele aperta nossa mão, se despedindo e saímos do consultório. Malu está de mãos dadas comigo e eu carrego a pequena sacola de viagem com seus objetos pessoais. Vamos nos despedindo da equipe pelo caminho e seguimos em direção ao estacionamento. Na porta de saída do hospital, ela para, respira fundo e olha para mim.

— E agora, para onde vamos? — ela pergunta, os olhos brilhando.

— Para casa, Malu. Para a NOSSA casa — digo, sorrindo.

33

"Não é bom termos um ao outro nessa vida? E estou bem ao seu lado. Mais do que um parceiro ou um amante, sou seu amigo."
JASON MRAZ

M A L U

Estou tão feliz por estar deixando o hospital que demoro a perceber que havíamos tomado um caminho diferente. É fim de tarde, mas o sol ainda brilha no céu azul. Baixo o vidro do carro para sentir a brisa do mar. Quanta falta eu havia sentido disso, de fazer um simples passeio em frente à praia e sentir o cheiro da maresia.

Rafa olha para mim e sorri.

— Para onde estamos indo? Até onde eu me lembre, meu apartamento não fica para esse lado.

Seus cabelos estão um pouco mais compridos que o normal, e ele está mais magro. O tempo todo de internação foi difícil para todos nós, mas não posso reclamar de nada. Pela primeira vez na vida estou me sentindo verdadeiramente amada, não só por ele, que fazia questão de reafirmar seus sentimentos diariamente com palavras e ações, mas também por meus amigos, que não me deixaram nem por um momento e, para meu espanto, por meus pais. Pouco tempo após o transplante, quando eu já estava um pouquinho mais forte e podendo receber visitas, eles foram me ver e conversar comigo. Tentaram se explicar, justificar suas atitudes, mas o que me importava era que eles estavam arrependidos e queriam agir de uma forma diferente, como verdadeiros pais.

— Para casa, amor, já falei — ele responde e eu vejo a covinha do lado direito aparecer.

— Você está muito misterioso.

— E você está muito linda — ele fala e eu tampo a boca por fora da máscara.

Eu emagreci bastante, meus cabelos estão mais ralos, minha pele, pálida e com olheiras, mas, ainda assim, ele me acha linda. E, claro, eu acredito. Sempre soube que as coisas que ele dizia vinham sempre do coração.

Ele segue com o carro e entra em uma rua que eu não conheço. Fica no mesmo bairro do meu apartamento, mas não tão perto de onde eu moro. Diminuímos, então, a velocidade e entramos na garagem de um edifício alto. Após estacionar, Rafa dá a volta no carro e abre a porta para mim, estendendo a mão para me ajudar a levantar. Ao tocar a palma de sua mão, sinto aquele mesmo arrepio que ele me provoca a cada vez em que estamos em contato. E, desde o momento em que dissemos o primeiro eu te amo, as reações que ele desperta em mim mudaram, tornando-se mais intensas, mais viscerais.

Olho para o seu rosto e vejo tanta intensidade refletida em seus olhos que não tenho coragem de perguntar nada. Meus instintos me dizem que algo de muito importante está prestes a acontecer e que é melhor esperar sem estragar a surpresa. Seguimos até o elevador em silêncio, de mãos dadas. Ao entrarmos, ele aperta o botão que nos leva à cobertura e envolve minha cintura com seu braço. Sinto seu corpo, um pouco trêmulo, próximo ao meu.

— Está tudo bem, amor? — pergunto, e ele beija o alto da minha cabeça, por cima do lenço.

— Está, sim — diz e nós ficamos abraçados.

Finalmente, chegamos ao nosso destino e, ao sairmos da caixa metálica, paramos em frente a uma porta única. Ele tira um chaveiro do bolso e abre a porta de madeira escura. Rafa me conduz para dentro do apartamento e nós paramos em uma grande sala vazia.

Seguimos em frente, e ele me leva até uma porta de vidro que se abre para uma enorme varanda, também vazia. À nossa frente, a vista da belíssima e inspiradora praia me faz sorrir e, fechando os olhos, consigo imaginar nós dois sentados em uma *chaise long*, abraçados e bebendo vinho. Inspiro a brisa do mar. Então, ele me pergunta, abraçado a mim:

— O que acha?

— Ah, que vista perfeita, Rafa! É lindo demais.

— Está um pouco vazio, não?

— Sim, os donos se mudaram?

— Hum... — ele fica alguns segundos em silêncio. — Quase isso.

— Sério?

Ele me leva de volta para dentro do apartamento. Ainda em silêncio, me leva por um corredor, passando pelo banheiro e parando em frente a uma porta que estava fechada.

— Sabe, Malu, eu sempre falei que não acreditava em amor, que esse tipo de sentimento não era para mim. Que não queria compromisso com ninguém. Achava que eu me bastava e que ser livre era a minha felicidade. — Ele ri. — Como eu estava enganado! Na verdade, enganei a mim mesmo, ainda que não intencionalmente. Vivia uma vida de solidão, porque, na verdade, meu coração já tinha reconhecido a sua outra metade antes mesmo que a minha mente soubesse o que estava acontecendo. Sei que demorei para compreender meus sentimentos, mas eles sempre estiveram lá. Meu inconsciente sempre soube que era você e mais ninguém.

Ele segura minhas mãos e sinto que está tremendo. Automaticamente, um arrepio de expectativa sobe por minha coluna até a nuca.

Em silêncio, ele finalmente abre a porta. A primeira coisa que vejo é uma grande cama com uma colcha preta cobrindo-a e vários travesseiros em tons de grafite, cinza-claro, preto e branco. Aquele é o único cômodo da casa que está decorado. Ele faz sinal para que eu entre e, ao parar em frente à cama, algo me chama atenção do lado esquerdo.

— Ah. Meu. Deus. — Não tenho palavras para descrever o que estou sentindo. Meu corpo inteiro treme de emoção. Cobrindo a parede em frente à cama, está o *Sem arrependimentos*, o autorretrato que fiz e que havia sido vendido para um comprador anônimo. — Você o encontrou? — pergunto, e ele nega com a cabeça.

— Eu o comprei na exposição. Quando vi a tela exposta, assim que chegamos, fiz uma oferta à assistente da Hellen, mas pedi que minha identidade permanecesse em sigilo. Não queria que você soubesse. Você sempre foi a primeira imagem que eu via ao acordar e a última ao dormir.

Olho para ele, chocada.

Durante todo esse tempo ele me tinha, de alguma forma, com ele. Algumas vezes, no hospital, eu me perguntava se ele não estava comigo só por pena, mas então eu lembrava que, antes de saber de tudo, ele tinha ido ao apartamento da Clara e dito que precisava conversar comigo e que tinha terminado o namoro.

Agora, com aquele quadro ali, ele demonstra mais uma vez que sempre me amou, mesmo quando não sabíamos dizer isso.

— E esse apartamento é seu? Você se mudou, Rafa? — pergunto, ainda assustada.

— É nosso. Enquanto você estava no hospital, vendi o meu apartamento e comprei este lugar para nós dois — ele fala e abre um grande sorriso.

Olho ao redor, sentindo mais lágrimas se formarem em meus olhos, e ele continua:

— E onde estão os móveis da casa?

Ele ri e dá de ombros.

— Só temos a cama — ele ri. — E o closet. Quando você estiver bem, vamos juntos comprar os móveis e transformar isso aqui em um lar. O nosso lar.

Ele coloca a mão no bolso e tira de dentro uma caixinha preta, abrindo-a para mim.

— Quer casar comigo, Malu? Prometo fazer tudo que puder para que você seja feliz. Quero ser mais que um parceiro ou um amante. Quero ser seu marido, seu amor para toda a vida. Seu companheiro de aventuras. E seu melhor amigo.

As lágrimas caem, e eu sorrio, olhando para o belo anel de ouro com uma esmeralda e pequenos brilhantes ao redor. Era tão pouco convencional quanto eu.

— Você salvou a minha vida, transformou tudo. Fez com que eu me sentisse amada de verdade. Trouxe luz à minha existência tão sombria. Como eu poderia não aceitar viver ao seu lado, quando isso é tudo o que mais quero?

Os olhos dele também estão marejados e seu sorriso se amplia.

— Isso é um sim?

— Sim! Sim! Sim! — respondo, rindo e chorando, enquanto ele me abraça, me levantando no colo.

Não podíamos nos beijar, mas seu abraço dizia tudo.

Eu estava em casa.

EPÍLOGO

"Em meio à dor e à felicidade da jornada que percorri nos últimos anos, aprendi a lição mais importante que a vida tem a oferecer e fico feliz por isso. Tudo o que temos é este instante."

LUCINDA RILEY

M A L U

O fim de tarde cai, pintando o céu numa profusão de cores. Roxo, laranja e vermelho, valorizados pelo azul do mar e o amarelo do sol, que está se pondo. *Isso ficaria perfeito numa tela*, penso, sorrindo, sentada na *chaise* de madeira acolchoada, nos fundos de casa, olhando para a praia. Muito em breve, a noite vai chegar e a tarde de verão promete se transformar numa noite estrelada.

Segurando uma mecha do meu longo cabelo preto, enrolo-a no dedo, lembrando-me dos dias em que eles ostentavam toda a minha rebeldia e o vazio dentro de mim. Aqueles anos de terapia me mostraram que eu descontava minhas frustrações no cabelo, e que essa era a minha forma de chamar a atenção. Essa época, felizmente, ficou para trás. Agora, me sinto mais segura, mais satisfeita comigo mesma. Não tenho mais tantos medos, aprendi até mesmo a dirigir e já não suo frio toda vez que preciso entrar num carro ou fazer algo desconhecido. Continuo pintando, consegui abandonar o cigarro de vez e, por mais incrível que pareça, corro todos os dias. Pode parecer estranho, mas eu gosto.

Ainda sentada na minha cadeira favorita, entrelaço meus dedos uns nos outros, empurrando meus braços para a frente, alongando-os. Esse movimento me permite ver a tatuagem na parte superior interna do meu antebraço direito, onde estava escrito *Just live.* "Apenas viva", basicamente, se tornou meu lema pessoal. Quando as coisas ficam complicadas, eu me lembro do que o Dr. Danilo me dizia: "Um dia de cada vez, Malu. A gente chega lá." Ele tinha toda razão. Meus pés descalços também se alongam, mostrando a tatuagem que eu mais amava em toda a volta do meu tornozelo: batimentos cardíacos com um pequeno coração vermelho e a palavra família gravados para sempre em mim.

Ao longe, ouço pequenos passos andando em direção aos fundos da bela casa em frente ao mar. Era mais um dos pequenos milagres que a vida me dera: poder viver no lugar que eu mais amava, sentindo o cheiro da maresia, com a brisa marinha tocando meu rosto. Logo, unindo-se aos passinhos, ouvi o som de passos mais fortes e risadinhas. Eles estão aprontando alguma coisa, tenho certeza.

— Vou poder assoprar a vela? — Ouço a voz de Théo e seguro o riso. Na sua idade, assoprar a vela é o principal.

— Shh... ela vai ouvir!

— Posso assoprar a vela? — ele pergunta, um pouco mais baixo dessa vez. Recosto na cadeira e fecho os olhos para não estragar a surpresa, tentando conter o riso.

Quando os passos ficam mais próximos, ouço-o falar novamente:

— Ela está dormindo.

— E como você acha que devemos acordá-la? — Rafa pergunta, e sinto meu corpo se arrepiar ao ouvir sua voz, como sempre, mesmo depois de todo aquele tempo.

— Com beijos? — ele pergunta, e tudo fica em silêncio.

Poucos segundos depois, sinto duas mãozinhas segurarem meu braço, e ele, tão pequeno, escalar a *chaise* para me alcançar. Entreabrindo os olhos, vejo Théo se esforçando para chegar até meu rosto e, então, dar vários beijos molhados em minha bochecha.

— Mamãe! Mamãe! — ele me chama, e eu abro os olhos, puxando-o para os meus braços e fazendo cócegas em sua barriga.

Théo era o meu pequeno milagre, e eu o amava mais do que a mim mesma.

Olho para cima, com ele em meus braços, e vejo Rafa se aproximar com um lindo bolo vermelho em formato de coração e uma vela com o número cinco. Ele está lindo, usando uma camisa branca com as mangas enroladas, que deixava seus braços bronzeados aparecerem, e uma bermuda escura. Seus cabelos estão bagunçados e seus olhos cinzentos brilham felizes, exatamente como os do rapazinho que está em meu colo.

— Que bolo lindo!

— Mamãe, o papai disse que hoje é seu aniversário de 5 anos, mas acho que ele está errado — Théo fala, fazendo um beicinho.

— Por que, meu amor? — pergunto a ele, sorrindo e passando a mão em seus cabelos, escuros como os meus.

Ele é a mistura perfeita entre mim e o Rafa. Seus olhos, sorriso e jeito de andar são exatamente iguais aos do pai. Os cabelos, a pele clara e o nariz são meus.

— Porque você é muito velha para ter 5 anos — ele fala, com toda a inocência de um menino de pouco mais de três anos.

— É que a mamãe tem dois aniversários. Um deles é o dia em que a mamãe nasceu. E o outro é o dia em que o tio Edu deu a ela um presente milagroso, que fez com que ela nascesse de novo. Hoje, é o aniversário desse milagre — explico da forma mais simples que posso pensar.

Théo parece refletir um pouco e acena, concordando.

— Posso apagar a vela? — ele pergunta para mim, e eu dou uma risada.

— Claro que pode, meu amor — digo e, com ele no colo, começo a me levantar, parando ao lado do Rafa, que segura o bolo com uma das mãos e, com a outra abraça minha cintura.

Théo toma fôlego para assoprar, mas Rafa o interrompe.

— Não deveríamos cantar parabéns antes? — ele pergunta, e Théo concorda com uma careta enquanto puxa o parabéns.

Naquele dia, comemoramos cinco anos de remissão. Após todo esse tempo fazendo acompanhamento médico periódico, finalmente me vi curada da leucemia. Pela manhã, fui com Rafa ao consultório do Dr. Danilo, que me deu essa notícia. Segundo ele, após cinco anos sem ter qualquer recaída, posso me considerar curada. Nesse dia, ano após ano, nós comemoramos o milagre da vida. Mais do que a cura de uma doença tão agressiva e dolorosa, passamos a celebrar a união da nossa família. Claro que eu precisaria passar por acompanhamento constante, para garantir que a doença não iria voltar, mas o pior ficou para trás.

Quando a gente se depara com a possibilidade de morrer, tudo muda dentro de nós e das pessoas ao nosso redor. Hoje, meus pais são presentes e carinhosos comigo e com o neto, além de terem um respeito admirável pelo Rafa. Os pais de Rafa, após tantos anos de casamento, resolveram dar uma chance à relação e hoje vivem bem, desfrutando da companhia um do outro. Meu irmão, agora também conhecido como tio Edu, está casado com a menina que ele namorava na época do transplante e é o pai carinhoso de duas meninas.

A leucemia não mexeu apenas com a vida da minha família, mas dos nossos amigos também. Clara, finalmente, se deu uma segunda chance e se permitiu amar. Após perder o marido para a mesma doença que me atingiu, ela resolveu seguir o coração, que, assim como o meu, gritava para ela "apenas viva" e o Léo provou que o que ele sentia era verdadeiro. Gabe, depois um período mulherengo, encontrou aquela que tocou seu coração de forma irreversível. Superou os sentimentos que havia projetado em mim e se deu conta de que amor verdadeiro era o que ele sentia agora, por Liz. Mas essas são outras histórias.

O parabéns termina e o Théo, finalmente, se prepara para apagar a vela, mas, antes que ele consiga, eu digo:

— Espera! Temos que fazer um pedido!

Nós três fechamos os olhos.

— Pronto. Agora sim — digo, incentivando-o a continuar.

Ele toma fôlego e assopra com força, apagando a chama. Rafa beija o alto da minha cabeça, e eu aperto nosso filho nos braços.

— Vamos cortar o bolo? — Rafa pergunta, e eu faço que sim. Coloco Théo no chão e Rafa envolve minha cintura com o braço livre, me puxando para perto. — Eu te amo, linda — ele fala e me beija, me deixando sem fôlego, como sempre me sinto quando estou com ele.

— Também te amo — falo, sorrindo. Nosso amor fica mais forte a cada dia. Somos mais que marido e mulher. Somos almas gêmeas, parceiros e amigos.

Entramos em casa abraçados, conversando e rindo. Olho para os dois homens da minha vida, reforçando, em pensamento, os pedidos que fiz antes de a chama da vela se apagar: *Que não nos falte saúde. Que a nossa vida tenha mais momentos felizes e de tirar o fôlego do que situações difíceis. E que o amor, que é o que nos move, continue conduzindo o nosso caminho.* Como agora.

Fim.

PLAYLIST

1. *É você que tem – Mallu Magalhães*
2. *O vento – Los Hermanos*
3. *Olha só, Moreno – Mallu Magalhães*
4. *Lovefool – The Cardigans*
5. *Imagine – Jack Johnson*
6. *Everybody's changing – Keane*
7. *Changes – Black Sabbath*
8. *Don't go away – Oasis*
9. *Dog days are over – Florence + The Machines*
10. *Through glass – Stone Sour*
11. *The scientist – Coldplay*
12. *Sereia – Lulu Santos*
13. *Back to Black – Amy Winehouse*
14. *Mais ninguém – Banda do Mar*
15. *Cheerleader – OMI*
16. *I'm not the only one – Sam Smith*
17. *Giz – Legião Urbana*

18. *O que eu também não entendo – Jota Quest*
19. *É sobre o seu abraço – Soulstripper*
20. *Uncover – Zara Larsson*
21. *Eu me lembro – Clarice Falcão feat. Silva*
22. *Will you still love me tomorrow? - Amy Winehouse*
23. *She will be loved – Maroon 5*
24. *Dia especial – Tiago Iorc*
25. *I miss you – Blink-182*
26. *A via láctea – Legião Urbana*
27. *Stay with me – Sam Smith*
28. *Every breath you take – Aaron Krause feat. Liza Anne*
29. *One – U2*
30. *Everything has changed – Julia Sheer and Landon Austin*
31. *Como uma onda – Lulu Santos*
32. *Love someone – Jason Mraz*
33. *Equalize – Pitty*
34. *The only exception - Paramore*

AGRADECIMENTOS

Muitas vezes, tudo que um autor precisa para contar uma história é de um simples incentivo, mesmo que seja algo simples como "tenta, coloca no papel". Então, não posso deixar de começar agradecendo à pessoa que me ouviu falar sobre o sonho que eu tive em que a Malu me pedia — exigia, na verdade — que eu contasse a sua história, e me disse (ou melhor, me escreveu em uma mensagem) exatamente as seguintes palavras: "Tenta, coloca no papel." Muito obrigada, Luizyana Poletto, por me incentivar, por estar ao meu lado nos momentos difíceis, por dar sugestões fundamentais para a construção da história, por ser essa amiga incrível e por me mostrar o clipe de *Love Someone*, do Jason Mraz, que me fez chorar rios de lágrimas ao ver, em vídeo, aquilo que eu tinha escrito.

Ana Lima, minha editora na Galera Record, obrigada por tornar realidade o sonho de publicar a minha garota mais amada. Ter você como editora é maravilhoso e inspirador. A toda a equipe do Grupo Editorial Record, em especial a Rafaella Machado, Caio Capri e Adriana Fidalgo: vocês são incríveis comigo e com meus livros. Muito obrigada.

A Meire Dias e Flávia Viotti, da Bookcase Agency. Obrigada por tudo o que vocês fazem para que as minhas palavras cheguem aos meus leitores. Essa jornada literária é muito melhor com vocês ao meu lado.

Muito obrigada à Debora Favoreto, por seus feedbacks tão imparciais, e por não ter medo de me dizer o quanto odiou o Rafa em determinados momentos, mas, principalmente, o quanto o amou. Isso me fez ter a certeza de que eu estava indo pelo caminho certo!

À Jamille Freitas, por toda a sua assistência com a parte médica da história, dando-me dicas valiosas e ajudando a fazer com que minhas licenças poéticas não se tornassem surreais.

Muito obrigada à Crislane Queiroz, por compartilhar comigo sua experiência familiar com a leucemia. Seu relato foi valiosíssimo para que a história da Malu ficasse mais crível.

À Jô Florenço, por compartilhar comigo a sua história e por abrir um espaço em seu coração para mim e meus livros. Você é uma das pessoas mais guerreiras que já conheci e a forma como você enfrenta as dificuldades é um exemplo para mim. Te desejo tudo de melhor, sabe disso.

À minha mãe, melhor amiga e pessoa que está ao meu lado todos os dias. Amo você.

Felipe, meu amor e amigo, obrigada por ouvir sobre as minhas histórias e me incentivar sempre.

E aos meus leitores queridos. Obrigada pelo mar de carinho em minha timeline nas redes sociais e nos eventos dos quais participo. Cada um de vocês tem um lugar especial em meu coração. Que não lhes falte saúde, que suas vidas tenham mais momentos felizes e de tirar o fôlego do que situações difíceis!

E que o amor, que é o que nos move, continue conduzindo o caminho de todos nós!

O transplante de medula óssea pode beneficiar o tratamento de cerca de oitenta doenças, em diferentes estágios e faixas etárias. O fator que mais dificulta a realização desse procedimento é a falta de doador compatível, já que as chances de o paciente encontrar um doador compatível são de 1 em cada 100 mil pessoas, em média.

Além disso, o doador ideal (irmão compatível) só está disponível em cerca de 25% das famílias brasileiras — para 75% dos pacientes, é necessário identificar um doador alternativo a partir dos registros de doadores voluntários, bancos públicos de sangue de cordão umbilical ou familiares parcialmente compatíveis.

Para saber como doar a medula óssea em seu estado, acesse o site http://redome.inca.gov.br.

Visitem as nossas páginas:

www.galerarecord.com.br

   /GaleraRecord

Este livro foi composto nas tipologias Adobe Caslon e impresso em papel offwhite no Sistema Cameron da Divisão Gráfica da Distribuidora Record.